儘管如此，奇諾跟漢密斯還是入境了。

結果，國內的孩子們都笑咪咪地輕鬆過活。他們疼愛寵物、演奏樂器、畫畫等等，國內洋溢著孩子們的笑容。

在一旁看著這些景象的大人們也很沉著，並沒有斥喝或臭罵他們，甚至沒有任何人出手打小孩。

「嗯……」

奇諾環顧四周，然後看到一名用溫柔眼神看著孩子們，年約五十出頭的男性。她走近對方並自我介紹。

「我好久沒看到孩子們如此活潑開朗的國家，請問貴國實施了什麼樣的教育方針呢？」

男子聞言只用一句話回答她的問題。

「『不強迫』。」

漢密斯問道：

「那個意義是？」

奇諾露出「那又不是暗示」的複雜表情，但男子也針對那點做出回答：

「因為只會強迫的關係。教人事物的時候，就只會做強迫的動作。所以，只要不強迫就可以喲。」

聽得更霧煞煞的奇諾不禁歪著頭表示不解。

「若處於教導的立場上，相信旅行者也會了解喲。了解教導的對象跟教導的自己，完全無法照自己所想的去走。」

「那樣的話……？」

「所以無論是正確的行為或不可以做的行為，自己都必須先當模範喲。」

「那你……又怎麼做呢？」

男子並沒有回答奇諾的問題。

C O N T E N T S

能夠讓你幸福的，
永遠只有你自己。
— You Are Always With You. —

# 奇諾の旅XIV

——the Beautiful World——

時雨沢 惠一
KEIICHI SIGSAWA

插畫●黑星紅白
ILLUSTRATION KOUHAKU KUROBOSHI

第三話
「呢喃之國」
—My Daily Life—

# 第二話「呢喃之國」

## —My Daily Life—

「這樣可以嗎？這是測試。」

「到底要不要緊哪？這是 TEST。」

「看來應該是沒問題，接下來我的文字將出現在這畫面上。」

「給看到這個……不，給閱讀我這些文字的人——我是生長在某個國家的人。」

「四天前來到我國家的旅行者，很不幸地在入境的時候去世了。」

「那位旅行者的年紀相當大，而且又生了重病。可能是覺得自己好不容易撐到這裡，應該有救了而心生大意吧。真讓人替他感到悲傷。」

「我們幫那位旅客處理了後事，不過在他的遺物裡發現這台機器。所以我就拿來用了。」

「我們完全不知道那位旅行者的姓名以及出身國家，因此也無法把他的死訊告訴他的遺族，那是不可能辦到的事情。」

「我只是對這台機器有一點點興趣而已。」

「呢喃之國」
—My Daily Life—

「這份說明書上面是這麼寫的——『只要輸入限制字數內的文章，許多在世界各地的人們就會看到。』」

「我頭一次聽說有那種機器，真想不到耶！最起碼在我國，並沒有如此進步的技術。」

「我真的不知道到底會有多少人看到這篇文章呢。我手邊這台機器，只能夠顯示我所輸入的文章。看來如果要看別人輸入的文章，還需要些什麼呢？問題是我根本就無從得知。」

「不過，沒關係。這個，就像是我的日記。」

「不過，如果某人……如果這世上有心想『對方會每天傳送這種文章嗎？』的人，對我來說就心滿意足了。」

「我每天的日子，大概過得很無趣吧。」

「我只能夠每天在自己的國家傳送文章。」

「不過，一想到有人知道我輸入的文章，內心就有種很不可思議的感覺。」

「今天，大概就寫這些吧。」

「早上了，今天我休假。好久沒有全天休假呢，不過明天起又有得忙了。」

「現在是中午時間。我的伙伴殺了一頭牛，好像是從農場跑出來的。過去曾經務農的伙伴，熟練地把牠宰殺。」

「現在，我們正圍著火堆享受豐盛的牛肉祭。大家唱歌、歡鬧、大笑。與伙伴們度過了歡樂的時光。」

「今天，是非常充實的一天。」

「現在是中午。」

「今天上午我們殺了二十八個人。」

「想不到史蓋羅克魯茲那些傢伙，會愚蠢到這麼大意。竟然呈縱列行走在山谷間狹隘的道路，這根本是絕對不能犯的錯誤。」

「伙伴把事先裝置的炸彈引爆了，全世界再也找不到那麼好的時機呢。」

「預先裝置在道路兩旁的大量鐵釘飛了出來，刺中史蓋羅克魯茲那些傢伙的身體。」

「之後，一切又恢復跟往常那樣。眾人攻擊史蓋羅克魯茲那些受傷呻吟的傢伙，並給他們致命的一擊。根本就不需要花到一槍一彈。他們紛紛舉起手上的斧頭朝那些傢伙的下半身砍。」

「那些傢伙的屍體在大地四處散落，野生動物應該馬上就會靠過來，把他們當糧食吃掉吧。」

「至於那些傢伙的武器、彈藥與裝備——派得上用場的我們全都接收下來。很幸運的是，我們還獲得幾乎沒有受損的自動式狙擊步槍，那可是尚未在這國家出現過的稀有武器，我把上面的血跡跟腦漿擦乾淨以後就拿來用了。」

「大家意氣風發地回到營區，午餐依舊是牛肉。因為還剩很多呢。」

「我們帶回四名史蓋羅克魯茲的活口，不過——可能是沒問出什麼情報吧，我的伙伴正在殺那些傢伙。」

「營區旁邊有一間製材所。裡面備有切斷木材用的電鋸，因此就拿它從史蓋羅克魯茲那些傢伙的胯下縱向鋸開。雖說是人類，但也很容易就被切成兩半。」

「至於訣竅就是盡量花時間折磨他們，而且切一點點以後就擺在一旁。從剛才就聽到令人心情爽快的慘叫聲，這兒的看門狗大概可以連續兩天吃得飽飽的。」

「今天從早上開始，我都在調整狙擊步槍。我透過瞄準鏡對準四百公尺遠的目標，彈匣裡面也還有子彈。」

「這是史蓋羅克魯茲那些傢伙曾使用過，也曾殺死我伙伴的步槍，但如果心裡老顧忌這件事，根本就沒辦法戰鬥。既然伙伴是他們殺的，只要把那些傢伙殺了不就得了？」

「到了中午，我接到司令部傳來要我前往城鎮的命令。因為那兒的狙擊手不夠分配。」

「不曉得這台機器，到了城鎮是否還能使用呢？」

「晚上了。」

「我抵達城鎮了。」

「看來似乎可以用呢。」

「我周遭的伙伴們都笑著說『那一台是什麼玩具啊？』，我則是回答『是我的幸運物。』」

「從許久不見的伙伴口中，得知有伙伴死去的消息。他們都是好人耶。」

「現在是早上，是個天空蔚藍的清爽早晨。我等一下就要出去大開殺戒了。」

「這個城鎮是最前線。我方控制了西側五分之三的主要城鎮，其餘地方都棲息著史蓋羅克魯茲那些傢伙。」

「這裡是我們一直無法做出了結，持續陷於膠著狀態的前線之一。」

「因為有駐軍保護而沒看到史蓋羅克魯茲的士兵，但城鎮裡還是有原本在這裡生活的老人與孩子們。只要看到他們出現在馬路上，我就會開槍射擊。」

「剛才有老人前來汲水，於是我射擊他的腳並等了一會兒，結果都沒有人來救他。不久他自行止血，準備用爬的方式逃走，但我射擊他的胸部，把他幹掉了。」

「傍晚，發現有個被母親牽著走的小孩。於是朝他的頭部射擊，結果脖子以上完全不見，回頭看的母親大叫的聲音，連我這邊都聽得見。」

「在我旁邊的狙擊兵伙伴雖然看得津津有味，卻對我說『還是不要殺死那位母親，讓她把孩子無頭的屍體帶回住處吧』。」

「我說『我不希望減少戰果』，於是不顧勸說開槍射擊。」

「所以那個伙伴一直到剛才都很生氣，還說『狙擊手應該要聽觀測手的』。」
「不過，當晚餐時我擺了顆蘋果給他以後，他很快就釋懷了。十二歲的人就是這樣，我以前也是那樣呢。」
「現在是晚上。我方控制了發電所，並且大膽不啟動它。因此整座城鎮黑漆抹烏的。」
「下雨了。我很喜歡下雨天，因為那會降低被狙擊的危險性。」

「今天殺了四個人，我們在城鎮展開戰鬥。」
「其中一人是史蓋羅克魯茲的狙擊兵，是這幾天殺了我好幾名伙伴的傢伙。」
「雖說是遠處的高樓大廈，但還是帶著大口徑的步槍潛入絕佳位置進行狙擊。可能是步槍相當重的關係，在改變射擊角度的時候，雖然只有一點點而已，不過我發現步槍前端從窗框突出去。」
「我與伙伴合作，讓對方看到誘餌移動，我再趁機從正面開槍射擊。」
「縱使是小小的疏失，但在戰場上可是會讓自己喪命的。」

「已經晚上了啊？好難熬又漫長的一天。」
「史蓋羅克魯茲那些傢伙在地下水路挖出一條隧道之後，便在裡面裝置了炸彈。結果，就在我方大本營的大樓下方引爆。」

「大樓倒塌了。我們有二十一名伙伴失蹤，他們全被埋在瓦礫堆底下。昨天那個十二歲的伙伴也在其中。我正好到集聚處領東西，因此逃過一劫。」

「結果，我們辛辛苦苦到手的一條馬路，就這麼落入史蓋羅克魯茲那些傢伙的手裡。」

「雖然很不甘心，但這也是戰鬥。接下來我還會繼續殺死那些傢伙，我們終究會得到勝利。」

「我再次接到轉調單位的命令，上級要我跟城門的守備部隊會合。」

「自動式狙擊步槍就留在這個城鎮，應該會有人拿去用吧。為了讓史蓋羅克魯茲那些傢伙腐敗的血液滲入這片大地。」

「兩天沒見了，我將寫那段期間所發生的事情。」

「我們一直在移動，而且是搭著卡車移動。」

「這是發生在途中的事情，我們發現史蓋羅克魯茲那些傢伙的餘孽。」

「對方就出現在我們掌控區域的村莊附近，而且被那個村莊的自警團逮到。」

「那村莊是在兩個月前透過我們的幫助才得以解放，而那些傢伙是趁那個時候潛逃至山區裡。但可能是耐不住饑餓的關係而下山尋找食物，結果卻反而被抓了。」

「那群餘孽一共有八人，但都是無法戰鬥的老人、傷患以及孩童。」

「那是因為有能力戰鬥的全戰鬥去了，而他們也全被我們殺了。」

「一名自稱是自警團團長的九歲小孩問我『要怎麼處置他們？』，我回答他『如果你想證明自己能夠獨當一面，就自己想吧。』」

「結果自警團用木槌把他們打死。那樣也好，絕不能讓他們活在世上。而且最好是盡量讓他們痛苦地死去。」

「自警團裡面有個邊倒退邊說『我辦不到，我不敢殺他們』的五歲小孩。他說『我無法殺死比自己年紀小的小孩。』」

「結果，我對那小孩這麼說。」

「若你現在不動手，無論是老人或小孩，遲早會拿起武器反抗。然後，你或你的伙伴就會被殺。對方會為了報仇而殺了像你這樣的孩童，那樣你也無所謂嗎？」

「最後那孩子邊哭喊邊動手殺了他們。他槌打好幾次，把他們的頭部槌打到不成形狀。」

「那樣也好。畢竟目前正處於戰爭時期，這裡就等同於戰場。」

「若想要秉持著人性去愛人，那等戰爭結束再說。屆時想愛多少人都可以。」

「然後，除非我們得到勝利，否則沒有任何方法可以終結戰爭。因為，史蓋羅克魯茲那些傢伙不是殺了我們，就是把我們當奴隸看待。」

「那些傢伙絕不可能愛我們，我不認為他們是人，也無法跟那種傢伙共同生活。」

「若想得到真正的和平，我們只有戰鬥。只要能夠拿下勝利，即使必須殺死好幾萬人也無妨。無論是老人或小孩都格殺勿論。」

「看到這篇文章的人可能會覺得我是個嗜血野獸，隨便你們怎麼想！」

「但是，我只希望你們明白一件事。那就是『在戰場上無法殺人』這件事跟『即使是和平時代，殺人這種事情也不可能消失』一樣，都是錯誤的。」

「後來自警團打算把屍體丟進河川放水流，但被我阻止了。而且我告訴他們，有一天自己很可能會飲用到河川水，千萬不能特地把它污染。」

「早上了。從今天起，我被派駐到東側第三城門守衛。我當上了城門警衛小隊的隊長。」

「老實說，我壓根兒都不想當什麼指揮官。這一帶是我方掌控的區域，因此幾乎沒有戰鬥。我倒覺得自己比較適合殺死史蓋羅克魯茲那些傢伙的任務呢。」

「但是，我又不能違抗司令部的命令，不過我也不會反抗。」

「我國的城門格外多，四方各有三處城門。最大的城門就面向東方城市，現在那裡也成了我們的首都。」

「我駐守的東側第三城門是最靠北邊，而且位於距離最前線最遠的區域。既是第一道連接通往國家內部大道的城門，過去也是國家的出入口。」

「城門不時有外國人……也就是旅行者或商人前來，因此我們要負責應付。」

「尤其是跟前來販售武器、彈藥的商人們交涉，那更是件重要的事情。若沒有這些軍火商，戰爭就無法持續下去。」

「若史蓋羅克魯茲那些傢伙在這裡的話，想必商人們也會把武器彈藥賣給他們吧？實際上，這種事就在西側城門那邊上演。」

「賣武器給我們的同一個商人，接下來應該會往西側城門那邊走。然後把用來殺我們的武器賣

給史蓋羅克魯茲那些傢伙。」

「我們跟史蓋羅克魯茲那些傢伙所使用的武器彈藥，主要都是外國製的。過去在這國家所得到的財富，現在都流向海外了。」

「不過，就算是那樣我也無意責怪那些商人。畢竟在商言商呢。」

「另一方面，倒是有旅行者並不知道這個國家正發生解放戰爭而前來。」

「原則上只要向他們解釋，大多數都會放棄入境。等我們把史蓋羅克魯茲那些傢伙全殺了，國家也變得和平又美好的時候，希望他們能夠再次造訪。」

「晚餐的茶很燙，我舌頭好像有點燙傷。」

「大家笑著說『想不到所向無敵的隊長，居然會敵不過熱開水』。這些笑容好棒，而這些笑容也將為我們帶來勝利。」

「到了晚上，我只是在一旁觀看部下執行他們的工作與訓練。而狙擊步槍，在沒有打出一發子彈的情況下度過了這一天。」

「雖然白天我寫了那些事情，但老實說，我覺得很寂寞。若沒有看到史蓋羅克魯茲那些傢伙的血，沒有聽到他們臨死前的叫聲，我的心情就是無法靜下來，也睡不著。」

「從早上就過得好無聊，現在已經是下午了。」

「商人並沒有來。」

「到了傍晚，來了一名旅行者。是騎著一輛叫做漢密斯的老舊摩托車的年輕人，她自稱是奇諾。現在正在跟伙伴說話。」

「我們熱烈款待奇諾。但是，當我們對奇諾說『就算入境也無法在國內觀光』，她倒是對我們說了很奇怪的話。」

「奇諾說她覺得這個地方很不錯，因此想停留三天……也就是停留到後天早上。她可能是想順便休息吧，只是不知道她堅持停留三天的理由是什麼。」

「但是，我們沒有理由拒絕。於是奇諾與漢密斯就順利入境了。」

「過去在城門前的建築物全被燒毀了，是趕在被史蓋羅克魯茲那些傢伙奪走前燒掉的。」

「軍方帳篷與倉庫，就位於夾在森林中間且長寬約二百公尺的雜亂空間裡。奇諾則是在距離軍營不遠處的森林旁邊，架起自己的帳篷。」

「現在是晚上。我跟奇諾一直聊天聊到剛剛。」

「正確的說，應該是跟奇諾及漢密斯聊天。」

「因為有多餘的補給，於是請她吃了頓晚餐。然後奇諾跟漢密斯詢問我國……不，我們為什麼要跟史蓋羅克魯茲那些傢伙戰鬥？」

「答案很簡單——『因為我們跟那些傢伙水火不容』。」

「我把整個來龍去脈，解釋給奇諾跟漢密斯聽。」

「雖然有點長，我還是把那段解釋寫出來好了。」

「我們跟史蓋羅克魯茲那些傢伙，的確長久以來一直住在這個國家，住在同一個村落。過去我們曾經走在同一條街上，在同一家店共桌用餐。」

「但是，若要問我們的感情是否會因此變得融洽？答案是否定的。」

「我們跟那些傢伙，絕無法像對方那樣生活，也完全無法了解對方。」
「這可以從歷史證明的。史蓋羅克魯茲那些傢伙，總是把我們當成能夠呼來喚去的奴隸利用。我這邊可多的是證據呢。」
「但其實我們既不是奴隸，身分地位也不比那些傢伙差。」
「反倒我們還比他們完美。或許史蓋羅克魯茲那些傢伙死也不肯承認，但那些傢伙才是只能在我們的庇護下苟且偷生的悲慘劣等種。」
「發生在這國家的窮凶惡極事件，有八成是史蓋羅克魯茲那些傢伙幹的。無論被關在監獄裡，或是被判死刑的，幾乎都是史蓋羅克魯茲那些傢伙。」
「所謂史蓋羅克魯茲那些傢伙比我方優秀什麼的，我看也只是──『他們在體格上較好』。」
「至於知性、思考力、耐力、判斷力、關心他人的能力──全都大不如我們。簡而言之，就是史蓋羅克魯茲那些傢伙，是愚蠢又低能的生物。」
「現在，我們正處於優勢。自從戰爭發動至今一年，我們已經掌控七成以上的廣大國土。」
「然後史蓋羅克魯茲那些傢伙……那群如假包換的劣等種卻不斷鎮壓我們，還自以為是這個國家的主人。」
「政府的要職全被史蓋羅克魯茲那些傢伙獨佔，還擅自制訂法律。在軍隊跟警察方面史蓋羅克魯茲那些傢伙也佔大多數，而且無所不用其極地迫害我們。」

「有力量者並不一定都是正確的。然而史蓋羅克魯茲那些傢伙，卻一直以暴君之姿君臨這個國家。」

「但是，我們忍了下來。」

「縱使有些令人感到羞恥的伙伴，諂媚地想拉攏史蓋羅克魯茲那些傢伙，但那也是少數。大多數的我們，一直都活得很有自尊。」

「這好幾年來，我們只是忍耐。但是，那些痛苦的日子也已經結束了。」

「因為一年前，我們拿起向外國商人購買的武器起義。為了要終結史蓋羅克魯茲那些傢伙的高壓政權，也為了要創造嶄新的歷史。」

「沒錯，的確是我們先出手。想必也有外國人針對這點批判我們。」

「不過，這是一場求生存的戰爭。若我們不趁那個時候先殺死他們，往後我們將被當成奴隸般折磨至死。我想沒有人敢否定這是一場求生存的戰爭。」

「雖然史蓋羅克魯茲那些傢伙先遭到出其不意的攻擊，但他們還是發揮狡猾的天性開始反擊了呢。也因此戰爭就這麼持續到現在，完全沒有停止過。」

「我們還有許多伙伴身陷在史蓋羅克魯茲那些傢伙控制的區域，而拯救受苦受難的伙伴，用和平把這個國家變成一塊平等的土地，則是我們的最終目的。」

「不過，戰爭的確會死人。無論是敵方或是我方。」

「一年前原本還有六十萬的人口，現在卻不滿二十萬。」

「但是，史蓋羅克魯茲那些傢伙的死，既是輝煌的戰果，也證明伙伴的死是有價值的犧牲。他們不必以奴隸的身分安息。」

「我們留了適當數量的史蓋羅克魯茲那些傢伙當做奴隸，其他的全殺了——為的是以防將來留下禍根。」

「如果有人在看我的文章，有一件事我想要說清楚講明白。」

「就算你是跟史蓋羅克魯茲那些傢伙有著相同特徵的人，我不會把你當成壞人的。也不會瞧不起你，甚至是殺你。」

「所謂的史蓋羅克魯茲那些傢伙，只限於『在這國家的史蓋羅克魯茲那些傢伙』。」

「其實也有商人跟史蓋羅克魯茲那些傢伙一樣，但我們不會殺他們。其實這裡，應該是讓擁有不同特徵的同胞平等生存的國家呢。」

「所以，請你們千萬不要誤會。」

「聽過解釋以後，奇諾跟漢密斯非常了解我的意思。他們只說了一句『謝謝』，就沒有再追問下去。」

「老實說，我還真不明白他們是真了解我的意思？還是不了解呢？」

「只不過，從這個叫做奇諾且看起來年僅十五歲的年輕旅行者身上，我感覺到她跟我有一樣的味道。」

「也就是——血腥味。」

「但那並不是指她曾經殺過許多人。」

「而是指有人馬上會在她身邊死掉，我指的是那種味道。」

「我倒是有點欣賞這個旅行者，她有著不會別開視線閃躲死亡的眼神。」

「現在是早上，我要回崗位執行任務了。」

「已經是傍晚了，來記錄一下今天發生過的事情吧。」

「我率領半數小隊，巡邏被周遭森林覆蓋的山岳地帶。四周雖然完全在我方的掌控之下，但為了以防萬一就順便當做是在鍛鍊部下。」

「人只要離前線太遠，精神就會變得很鬆懈。老實說，這裡的伙伴需要更嚴格的訓練。因為大部分的伙伴都沒有實戰經驗，而且以年長者居多。」

「正因為如此，我才會被調派到後方這裡。這裡幾乎沒有裝備，以及在最前線使用的可自動連發式步槍。淨是舊式，且每開一次槍就得用手動操作的反衝式說服者。」

「晚上我又跟奇諾、漢密斯他們共進晚餐。」

「我問了今天一整天都跟部下們在一起的奇諾最確實的感想。看著在原地各自做自己事情的伙伴們，我問她『若要把他們當手拿武器的戰士看待，妳有什麼意見呢？』」

「奇諾回答得非常直接，她說『在最前線應該是派不上用場。』若真的投入實戰，大家應該都會戰死吧。」

「很遺憾，我的想法跟妳一樣。」

「於是我打定主意。」

「接下來在我自己的戰爭，我會盡力多殺一個史蓋羅克魯茲那些傢伙，這樣反而能多留下一名可能被殺的伙伴。」

「我打算明天起嚴格加強訓練，為了讓大家能活下來，讓大家在新的國家生存。」

「某人曾說過——『訓練時所流的汗，將能減少實戰時所流的血。』」

「這些是我在臨睡前寫的文章，夜晚也好寧靜呢。」

「現在，是晚上。」

「到昨晚為止原本還有人跟我在一塊，但目前在這國家的，只剩下我一人。」

「我的部下全被殺了，被史蓋羅克魯茲那些傢伙殺的。」

「只有我一個人倖存下來。」
「全多虧奇諾救了我。」
「接下來，我將敘述今天所發生的事情。只希望哪一天自己也被殺了時，有人能夠記得曾有過我這麼一個人。」
「我將敘述發生了什麼事，還有，奇諾的事情。」

「一切由早上開始的。」
「就在天空魚肚泛白後的沒多久。我起來的時候，奇諾早就已經起床了，她在自己的帳篷旁邊敲漢密斯的油箱，試圖把他叫醒。」
「今天天氣很晴朗，但卻又冷又凍。以這個時期來說，算是非常寒冷的早晨。」
「我在戰鬥服與裝備腰帶上面穿了一件厚質料的冬季大衣。原本打算太陽升起以前先穿著，等開始訓練再立刻脫掉。雖然這是個不經意的行為，但後來卻救了我一命。」
「我與守衛城門的伙伴會合，他們報告並沒有任何異狀。然後，正當我們邊喝茶邊討論今天預定的計劃時，城門外的衛兵通知說有商人來了。」

「呢喃之國」
—My Daily Life—

「原則上商人何時會來，並沒有什麼詳細的預定計劃。於是在外頭的伙伴檢查他們的行李，確認裡面都是食品類。再確認史蓋羅克魯茲那些傢伙，跟其他國家的士兵都不在城牆外之後，便照往常那樣打開城門。」

「這卻是個錯誤。」

「三輛卡車從城門入境，駕駛座都坐了三名商人。卡車一進城，我們就把城門關上。然後伙伴們全在卡車旁邊排隊準備卸貨，希望盡快把貨物卸下來，好讓商人們出境。」

「這個時候沒有靠近卡車的，只有準備到自己的帳篷拿交易文件的我。以及數名在軍營休息的夜班人員。」

「然後，就是暫時放棄叫醒漢密斯，先把帳篷摺疊起來收納的奇諾。」

「那些商人，外表看起來是商人。但穿著跟這國家截然不同的服裝，臉上還畫了與這國家完全不同的妝。但是——我們錯了。」

「當時我看到那九名商人都一手拿著小箱子，那遠遠看起來像是小包包。我跟在他們附近卸貨的伙伴們，都沒想到那竟然會變成武器。」

「然後我看到了——當我不經意往後轉頭的那一瞬間，看到商人們一起讓那個箱子變形。」

「原本他們單手拿的箱子分成兩半，下半部往後迴轉。迴轉的部分變成肩托，下方則冒出槍托與彈匣。原本單純的四角形箱子，在一瞬間變成了說服者。」

「商人們開始射擊，他們用那個對著近在旁邊雙手進行作業的伙伴們射擊。」

「伙伴們根本無力反擊，他們彷彿被後面的人拍肩膀似地遭到射擊。那手法是超近距離的行刑式槍殺。」

「我聽到『砰！砰！』的清脆槍聲，每聽到一次就有一名伙伴倒在地上。商人們的動作非常迅速，他們以不會打到彼此的角度，而且是兩人一組的方式一一射殺我那些伙伴。」

「為了卸貨而排成一列的伙伴們，簡直像是射擊練習用的靶子。」

「其中也有背著步槍的伙伴。但是，當他放下貨物想拿起步槍射擊時，對方已經先行以極近距離的連射方式，朝他的臉部開槍，然後他就倒地不起了。」

「當然他們並不是什麼商人，而是史蓋羅克魯茲那些傢伙。」

「那些傢伙是集合前軍人所組成的特殊部隊，聽說一向在少數行動裡暗中活動。我所知道的就這些。」

「那些傢伙大膽把重要的商人們殺了或關起來，再搶走他們的服裝、商店與卡車。然後，襲擊我們的城門。」

「那些傢伙鎮壓這個地方，把士兵從城牆外送進來，企圖對我們發動出其不意的反擊。好可怕的一場突襲。」

「我一聽到最初的槍聲就立刻趴下。這時，我只有佩在腰際的自動式掌中說服者，並沒有帶步槍。不過，就算帶了步槍也無法開槍射擊與伙伴們一起在卡車後面的史蓋羅克魯茲那些傢伙。」

「我趴在地上不甘心地緊咬牙關，而站在距離我數十公尺前方的人卻不斷減少。我的伙伴一一被擊斃。不過我那些伙伴還是有人勇敢地拿貨物丟他們，並且撲上去反抗。但是史蓋羅克魯茲那些傢伙，把我那個伙伴踢倒在地上並轟掉他的腦袋。」

「史蓋羅克魯茲那些傢伙，有時候會把我的伙伴帶走當奴隸。像在最前線，就有許多找不到屍體的案例。但是這次，卻是把他們全殺了。」

「那是發生在僅僅數十秒的事情。」

「呢喃之國」
—My Daily Life—

「卡車四周已經看不見我那些伙伴，他們全都死了。史蓋羅克魯茲那些傢伙，奪走死去伙伴的步槍。其中四個人躲在卡車後面監看四周，另外五個人則進入軍營帳篷。」

「他們應該是去殺那些在睡覺的伙伴。在射擊練習變成習以為常之事的這段期間，睡著的那些伙伴就算沒察覺到異狀也不足為奇。我聽到帳篷傳來好幾次悶悶的槍聲。」

「但是，我覺得現在正是大好機會。於是我站起來，往我那個距離十公尺遠的帳篷跑。因為我的步槍在那裡面。」

「但是我馬上被擊中，在這種開放的場所，我怎麼可能不被發現到。」

「像火灼燒般的痛楚在我肩膀跟腳部流竄，我聽不到任何聲音。然後整個人往前倒，接著就失去意識了。」

「等到我醒來的時候，人是在森林裡。」

「有人讓我墊著大衣仰躺在大樹下，我抬頭看著樹梢跟天空。」

「我一醒來就覺得背部跟腳痛得要命。那很像是被烙鐵烙印……也像是手指戳進傷口的痛楚。腦袋也好像有什麼重物壓住而感到悶悶的頭痛。當我痛得發出呻吟，隨即聽到旁邊有人對我說『安靜點』。」

「這時候我只轉過頭去，結果看到奇諾。」

「奇諾穿著黑色夾克以蹲下的方式躲在旁邊的樹木後面，她彎著腰到我這邊。」

「奇諾小聲並很快地告訴我整個來龍去脈。」

「她說我們現在，位於進入森林十公尺左右的位置。從那裡到城門大概距離兩百公尺遠。」

「奇諾告訴我她怎麼把我搬到這裡。還有我背部中了一槍，腰部後方中了一槍，腳部中了一槍，以及額頭腫了一個大包等事情。」

「我詢問奇諾自己的傷勢。」

「我腰部被強力的步槍子彈擊中。」

「我的裝備腰帶上有裝了備用彈藥的腰包。結果子彈打中那裡，導致備用彈藥彈出之後改變角度，在我側腹的皮膚劃開一道長長的傷口。」

「很幸運的是，那並沒有竄進我體內。要是再偏個三公分，強力的子彈將會貫穿我身體，屆時那股衝擊力道就會把我的內臟震裂，很可能會因為休克而讓我當場死亡。」

「而我肩膀跟腳部的傷，中的是掌中說服者的九毫米子彈。威力就遠遠比不上步槍。」

「很可能是從那挺神奇的摺疊式說服者射出來的吧。我左肩被擊中，因此左手臂動不了了。右腳則是大腿外側有子彈卡在裡面。」

「這兩處都不是致命傷。奇諾拿她隨身攜帶的彈性止血繃帶纏住傷口，幫我止住大量出血。」

「至於我額頭腫起來的大包，是中槍倒地的時候撞出來的。我的頭撞到石頭，那股衝擊力道讓我整個人暈了過去。」

「奇諾在對方開始大開殺戒的時候，就立刻衝進森林裡。」

「事發過程她從頭看到尾，也親眼目睹我那些伙伴被殺。甚至我站起來往前衝，然後被人從後面開槍射擊，她也全看到了。」

「對我開槍的那些傢伙並沒有確認戰果，也就是沒有過來確認我的死活。他們全體走進城門值勤室，過沒多久就傳出槍聲，鐵定是跟在城門外的幾名伙伴展開槍戰。」

「但是，奇諾趁史蓋羅克魯茲那些傢伙往那邊集中的一瞬間，順利把我搬運到森林裡。」

「聽到她的敘述，我知道自己運氣非常好。」

「我知道強力步槍的子彈因為腰包而彈開。」

「我知道自己因為穿厚質料的大衣，所以開槍的人並沒有看到那個狀況。」
「我知道自己因為跌倒撞到頭而失去意識，所以看起來很像當場死亡。」
「然後——我知道那個叫奇諾的勇者把我救了出來。」
「多虧那一連串可怕的幸運，讓我得以保住這條命。」

「我請奇諾看我的手錶。而我的左手臂完全沒有知覺，也無法動彈。」
「奇諾告訴我，事發至今大概已經過了二十分鐘。而天空在不知不覺中轉為陰暗，看不見理應高掛在上面的太陽。」
「我詢問奇諾目前的狀況。奇諾回答我，城門一直開著。三輛卡車駛離國家以後，城門前所能看到的就只有帳篷、貨物及屍體。」
「史蓋羅克魯茲那些傢伙應該在城門外，想必是在等待援軍抵達吧。而那些援軍所在的位置，從城牆那邊應該是看不到。這個時候，他們應該正急忙趕過來這邊。」

「因為以現狀來說，九個人實在太少了。萬一我方的伙伴以眾多人數之勢展開反擊，他們就會把城門關了逃之夭夭吧。」

「如此一來，這裡發生過什麼事？他們又是怎麼入侵的？都不會留下任何證據。然後他們很可能又會以同樣的作戰方式對付我們呢。」

「我拚命思考，到底該如何是好？」

「我已經無法做有效的反擊。我只有一個人，而且現在的狀態不僅無法正常走路，也只能夠使用右手而已。」

「加上現有的武器，只剩下我掛在腰際的一挺掌中說服者跟腰包裡的兩個備用彈匣。也就是說，我只有四十五顆九毫米子彈。」

「說到掌中說服者的有效射程，最遠是五十公尺。光是要命中對方就已經是難上加難。面對那九名持有射程三百公尺的步槍的士兵，我根本就毫無勝算。」

「然後我們的車輛、卡車跟小型四輪驅動車都還停放在軍營旁邊。他們之所以沒有破壞、放火燒毀，可能是擔心煙霧會讓我方其他伙伴們察覺到異狀吧。越過兩座山頭的前方有我們的物資集中地，從那裡看得見煙霧的。」

「所以現在的我想要駕駛那些車輛逃到物資集中地，看來還是不可能呢。我只要一靠近車輛，應該就會被開槍射擊。史蓋羅克魯茲那些傢伙，應該會在城門內側嚴加監視森林這邊。」

「眼前唯一的希望，只剩下還能動的奇諾了。只要往森林裡面走，大概一個小時的時間就能夠聯絡上我方其他在附近的伙伴呢。」

「但是，那樣來得及嗎？一旦讓史蓋羅克魯茲那些傢伙的援軍進了城門，要奪回這裡就會變得很困難。然後這個地方將成為那些傢伙的入侵路線，也能對我方展開出其不意的突襲呢。」

「現在，我們跟史蓋羅克魯茲那些傢伙只是在國內進行戰鬥。要是戰線拓展到城牆外的話，情況將會變得無法收拾。不過，能控制住城門的話就另當別論了。」

「老實說，這時候的我有個想法，我要殺死史蓋羅克魯茲那些傢伙，就算只殺一個人也沒關係，然後就在這裡戰死吧。」

「不過，就算我這樣就覺得心滿意足，但未來還是會害伙伴們陷入困境。那不是戰士應有的想法，不到最後一刻都不能輕言放棄。」

「為了獲得勝利，無論是把史蓋羅克魯茲那些傢伙全部殲滅或是把他們趕走，都只有關上城門一途。但是，現在的我卻沒有那些力量。」

「這個時候，奇諾看著我的臉。她的表情非常溫和、沉著。」

「她問我在想什麼，我回答她『我沒有找到自己要的答案』。奇諾說『我就知道』。」

「這個時候，我終於明白奇諾為什麼沒有逃走。照理說她大可以丟下我不管的，但她之所以沒有那麼做，理由是——她那個摩托車伙伴。」

「奇諾語氣輕鬆地回答詢問『漢密斯呢？』的我。」

「她說『大概還在睡覺喲』。」

「奇諾在逃往森林以前，把帳篷帆布蓋在漢密斯上面。然後只帶著行李袋翻身一躍離開。」

「被沾滿泥土的帆布蓋住的漢密斯，遠遠看起來應該很像堆放什麼材料的地方吧。史蓋羅克魯茲那些傢伙放過那邊沒檢查，因為沒有多餘的時間也沒有必要理會那種東西。」

「所以漢密斯仍然在城門前的開放空間，停在那個角落。不過，想把他搶回來也很困難。」

「雖然奇諾是旅行者，但是在這種情況下露臉，對方絕不可能乖乖說『喔，是嗎？』就放她出境的。反倒是為了封住她的嘴巴而滅口的可能性比較高呢。」

「雖然我跟奇諾的目的完全不同，但是我們在這森林裡已經成了命運共同體了。」

「奇諾拿攜帶糧食給我吃。旅行者常吃那個，也富含許多營養素，但據說味道很糟糕。是很像黏土的食物。」

「我狼吞虎嚥地吃著攜帶糧食。畢竟我今天都還沒有進食，也流了不少血。吃完以後就覺得身體開始慢慢暖和起來，也逐漸恢復氣力。」

「我到現在還沒有中止『到底該怎麼辦才好？』的想法。為了反擊為了戰鬥，到底該怎麼辦才好？我整個腦袋只想著這些事情。」

「現在仔細想想，奇諾從一開始就盯著我看，因為她察覺到我鬥志燃起的那一瞬間。」

「奇諾對我說，眼前只有一個方法。」

「她說，就是我們倆在不丟掉性命的情況下幹掉那九個人。這是唯一能讓我守住城門，奇諾保住漢密斯的方法。」

「她說，但是這個行動當然很危險。還說，其危險性遠遠超過我的能力。」

「我立刻回答她——妳說說看要我怎麼做，任何事情我都願意做。」

「奇諾拿了一挺步槍給仍抬頭望著她的我看。」

「那是我從沒看過的步槍。槍身細長，有木製槍托跟可拆式彈匣，以及附狙擊用的瞄準鏡。」

「附在槍管前端的細長圓筒很引人注目，這是Sound-suppressor（滅音器）。能夠把槍聲降得相當低，讓對方難以分辨從哪個方向射擊的。」

「那是奇諾的私人物品，平常似乎是前後拆解下來放在包包裡。」

「因此我們的武器又加上這一挺步槍。如此一來，就能夠在距離三百公尺遠的位置戰鬥。可是再怎麼樣也無法對付九個人，奇諾應該很清楚那點。」

「所以奇諾這麼對我說。」

「她要我當誘餌。」

「聽完奇諾的計劃之後，我立刻回答她。」

「我說——好，就那麼辦。」

「我很可能會死掉，但是，總比什麼都不做還要好。」

「然後我伸出右手，奇諾則回握我的手。」

「『一百秒後我將視你下的時間點行動。』奇諾說完那些話之後就拿著步槍往森林裡跑。」

「我一面慢慢數數，一面開始爬行。只靠右手跟左腳。」

「我的左手沒有知覺，肩膀跟右腿像被燙到那麼痛。儘管如此，一想到能夠殺死史蓋羅克魯茲那些傢伙，我內心就雀躍不已。」

「我小心翼翼且靜悄悄地匍匐前進，然後用腹部爬行的方式，躲到森林盡頭處離我最近的一棵大樹樹幹後面。」

「眼前的視野大開，我看到在兩百公尺前方敞開的城門，看到伙伴們的屍體，看到軍營帳篷就在旁邊。」

「一百秒過去了。」

「我從腰際拔出自動式的掌中說服者。我先把它擺在旁邊，再從腰包拿出備用彈匣，然後放在

眼前的草地上。」

「彈匣共有三份，總計四十五顆子彈，是我僅有的武器。不過，這是利齒，它即將緊咬住史蓋羅克魯茲那些傢伙的喉嚨。」

「我用右手拿起說服者，然後從樹幹右側探出身子。因為只有一隻手能夠使用，以致於很難瞄準目標。」

「於是我把說服者的側面頂在樹幹上，那不僅阻止滑套反覆動作，也會造成卡彈。對於現在只能單手射擊的我來說，沒有多餘的時間讓滑套回到原來的位置。」

「我瞄準城門，慢慢把說服者舉到前方。射擊出去的子彈劃出波浪狀的彈道，但應該會飛到城門吧。」

「那個距離無法打中人，但是，沒那個必要。」

「那是我為了啟動自己的作戰計劃而開的槍。」

「槍聲十分尖銳。我連續開了三槍，只見三個空彈殼在空中飛舞。」

「子彈打中城牆。」

「緊接著我用右眼盯著城門看。照理說那些傢伙應該會聽到槍聲，也知道有子彈打中城牆。」

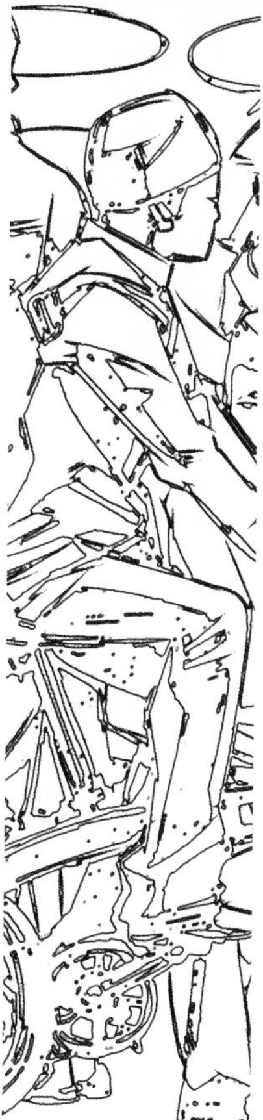



「果不其然，史蓋羅克魯茲那些傢伙很快就現身了。」

「首先是四個人，不過他們小心戒備地彎著身體穿過城門，手上拿的是從我伙伴那兒奪走的步槍。他們一面互相掩護，一面迅速衝出城門，然後傾全力衝到附近的帳篷。」

「緊接著是剩下的五個人，如此一來全員到齊了呢。一切正如我預測的，他們為了保持人數的優勢，打算全體動員對付我。」

「我再次開槍。雖然不可能打中，但是我猛烈地連開五槍。」

「史蓋羅克魯茲那些傢伙在帳篷旁邊，我從這邊看不到他們。於是我又開了七槍，不過是漫無目的地亂射。」

「當我打出最後一顆子彈，說服者的滑套退到最後面就停住了。當我把手往後拉沒多久，隨即有子彈咻地飛過來。」

「以遠比聲音飛快的速度飛過來的步槍子彈，『啪』地伴隨像被皮鞭打到的衝擊波。在我左右兩方都可聽見聲音穿過，草跟泥土到處飛舞。好幾顆子彈命中我躲藏的樹幹，木屑也四處飛散。」

「我彎著身子替換彈匣，接下來有十五顆子彈。還剩三十顆。」

「我已經無法從這裡移動到其他地方，只要一從樹幹後面探出身子，我鐵定會被打成蜂窩吧。因此現在我只有盡可能伸出手，漫無目的地亂開槍。」

「當那些傢伙對我的射擊告一段落，我立刻反擊開了兩槍。子彈還剩下二十八顆。」

「結果距離我不遠的兩旁，隨即陷入槍林彈雨之中。超過十發的子彈，毫不間斷地飛過來，把大地搞得亂七八糟的。從距離我頭部三十公分處飛過的子彈，讓我的頭痛得要命。」

「我從樹後露出說服者的前端開槍。在遭受猛烈的槍擊之中，我反擊了。用看起來只是浪費子彈的開槍方式，消耗彈匣裡的十三顆子彈。」

「在沒有戴耳塞的情況下，自己開槍的槍聲毫不留情地摧殘我的耳朵。我右耳很快就聽不見了，左耳則是為尖銳的耳鳴所苦。」

「身體的痛楚再度復發，肩膀跟腿部又開始出血，我知道身體被血染濕了。」

「那些傢伙對我猛烈開槍。」

「子彈彷彿有自我意志地飛過來，試圖奪走我的性命。每當大樹撼動一次，就有性命不斷被削減的感覺。」

「儘管如此，我再次替換彈匣，然後伸直手拚命射擊。子彈剩下十五顆。我拚命開槍，因為已經沒必要數了。」

「最後一顆子彈飛出，滑套在退到最後面的狀態停止了。這挺說服者，除了丟出去或拿著它K人，已經沒有其他用途了。」

「然後，幾乎在同一秒鐘，我跟那九個人的槍戰突然結束了。」

「有如狂風大作響個不停的槍聲停止了，整個世界變得一片寂靜。」

「只有耳鳴像笛子般響個不停。」

「這到底是怎麼回事？我完全不知道這是什麼狀況。」

「於是我忍受身上的痛楚靜靜等待。過了一段時間之後，開始回復的聽覺捕捉到朝我接近的腳步聲。」

「我完全不動，正確來說應該是動不了。我根本沒有任何力氣能做些什麼。」

「那個腳步聲的主人大聲對我說話。」

「她說，一切結束了喲。」

「是奇諾。」

「我扶著奇諾的肩膀走路。」

「我們往倒臥著伙伴們的屍體與史蓋羅克魯茲那些傢伙的屍體的城門走去。」

「史蓋羅克魯茲那些傢伙，九個人全因為頭部側邊中彈而喪命在軍營帳篷後面或城門前面。當然，這都是奇諾幹的。」

「奇諾的作戰計劃非常成功。」

「在我當誘餌並且跟那些傢伙展開激烈槍戰的時候，奇諾利用裝上滅音器的步槍，從旁邊的森林狙擊那些傢伙。那就是整個作戰計劃。」

「史蓋羅克魯茲那些傢伙，誤以為伙伴中槍是我開的槍，於是拚命反擊，所以沒有注意到奇諾。當那些傢伙集中注意力對我開槍時，反而被躲在後面的人逮到機會屠殺他們。」

「看到伙伴被僅有一人的對手槍殺，使得那些傢伙陷入一片恐慌。根據奇諾的說法，最後一個人是在逃出城門的時候被擊中的。」

「然後，完全沒有露出興奮情緒的奇諾對我說，作戰順利完成了。」

「我問她總共花了多少子彈，奇諾回答我『九發』。」

「也就是說一旦被對方發現到，自己也會陷入危險狀態，因此以一人一發子彈貫穿頭部的方式，確實把他們給殺了。我不禁對她感到佩服。」

「我們倆走到城門旁邊。」

「我拜託奇諾能不能把卡車開進城門。那將成為史蓋羅克魯茲那些傢伙所幹的蠻橫行為的確切證據。要是擺在城門外，很可能會被搶走。」

「奇諾說她開車的經驗並不多，於是我教她怎麼開車，奇諾說她試試看便走出城門。」

「結果，雖然過程相當驚險，但總算是讓三輛卡車穿過了城門。接著我啟動關閉城牆的裝置，讓它暫時關上。」

「奇諾確認我的傷勢，然後用取自帳篷的藥品幫我消毒傷口、纏上繃帶包紮。她從損壞的步槍抽出子彈，再做成拐杖給我用。」

「我拜託奇諾幫我確認是否還有倖存者，無線電是否正常，但是她用搖頭答覆我。」

「接著奇諾問我，現在的我能關閉城門嗎？」

「我問她『妳要出境了嗎?』,奇諾點了點頭。雖然我很希望她繼續留下來,但是不能再連累她了。」

「於是我拜託奇諾幫我兩個忙。一個是把商人那三輛卡車的汽油抽出來,潑在老舊輪胎跟廢料上面,把它們給燒了。這將成為通知我方的狼煙。」

「另一個就是這件事。我詢問奇諾可以把她的事情寫在這機器裡嗎?」奇諾剛開始有些不高興,但後來又淡淡地回答『無所謂喲』。然後,她又補了一句話。」

「『那台機器真能把訊息傳送給其他人嗎?』」

「我不知道耶。」

「奇諾騎著漢密斯出境了。」

「出境前漢密斯還調侃一番,他開口說的第一句話是『哎呀~真是辛苦呢~』。那宛如在大雪之日慰勞鏟雪者的語氣呢。」

「另一方面,奇諾也斬釘截鐵地說『要是漢密斯按照預定計劃早起,就不會被捲入這場風波了呢』。」

「我嚇了一跳。她說的確實沒錯,那樣他們應該就能在史蓋羅克魯茲那些傢伙出現以前出境,也大可不必被捲入我國的戰爭呢。」

「天哪～想不到我……還有我們的命，是被這輛睡過頭的摩托車救的呢。」

「當我提出想要贈勳章給他的想法，漢密斯鬧著彆扭說『我們就在這個國家多待幾天嘛』，但是奇諾並不理他。」

「倒是奇諾提出幾項要求，代替贈予勳章。」

「也就是燃料與糧食，幸虧這兩樣東西我們有很多。於是我回答『只要堆得上摩托車，妳就儘管拿吧』。畢竟奇諾與漢密斯為我們做的一切，足以代替那些榮耀呢。」

「於是奇諾把汽油從卡車迅速搬下來，也得到她要的糧食。」

「然後奇諾與漢密斯向我們道別。」

「我最後再向他們道謝，然後啟動關閉城牆裝置。在只開一些縫又關上的城門另一邊，奇諾的背影變得越來越小。」

「我想，未來我的人生應該沒機會再見到奇諾了吧。」

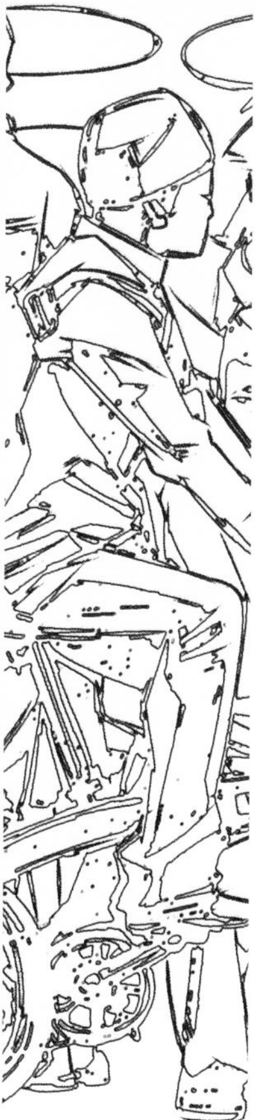

「呢喃之國」
—My Daily Life—

「然後我看著不斷上升的狼煙，背靠著城牆等待伙伴到來。雖然我很想撐到伙伴來，但是在他們抵達以前就失去意識，因此對那中間發生了什麼事都沒有印象。」

「等我醒來，是躺在伙伴們團團圍著的床上，也就是我現在所在的地方。」

「當時是傍晚時刻。」

「我肩膀跟腳部的子彈已經拿出來，腰部的傷口也縫合完畢。這下子我成了傷兵，上級命令我要安靜休養。在我解釋發生了什麼事以前，伙伴們這麼對我說。他們說，不愧是隊長呢！」

「他們完全誤會了。撇開我受傷這件事不說，他們認定我是獨自一人以華麗的狙擊槍法幹掉那九個卑鄙的敵人。」

「我本來想說事情並非他們想的那樣，但最後還是沒說。因為我們的指導者告訴我，他想有效利用那件事。」

「並且打算把我拱成阻止卑鄙的史蓋羅克魯茲那些傢伙之作戰的英雄，好鼓舞眾人的士氣。」

「雖然那簡直像一齣鬧劇，若因此能得到勝利就無所謂。就算叫我當小丑我也願意。反正我有一個多月的時間無法戰鬥，甚至左手也無法保證能夠正常動作。因此那點小事我願意做。」

「只不過，若有人在看我寫的這些文章，希望你們能記住這件事。」

「那就是，曾經有一位叫奇諾的旅行者跟一輛叫漢密斯的摩托車。」

「寫到這裡，這全都是今天所發生過的事情。」

「我一口氣寫完了。記的事情可能會有些出入，但大致上應該就是這些。」

「現在是半夜。因為白天昏倒跟殘留在傷口的痛楚讓我睡不著覺，而且右手也相當疲憊呢。」

「我們跟史蓋羅克魯茲那些傢伙的戰鬥，往後還是會持續下去吧。可能會變得更激烈吧。但是，我們不會認輸的。接下來，我還是會繼續殺那些傢伙的。」

「我至今走過二十年的人生。」

「在這段人生裡的其中一年，我一心一意地持續戰鬥。每天都過著殺史蓋羅克魯茲那些傢伙的生活。」

「等這場戰爭結束，史蓋羅克魯茲那些傢伙從這個國家消失以後，我們那些伙伴是否能夠度過與世無爭的二十歲呢？是否能度過沒有殺人或被殺的青年時代呢？」

「那些問題，都跟我們往後的戰鬥有著密切的關係。」

「對了，我差點忘記描述奇諾與史蓋羅克魯茲那些傢伙的事情。」

「初次與她見面的時候，我以為奇諾跟史蓋羅克魯茲那些傢伙一樣。不過從漢密斯的口中得知，其實她跟我們一樣。」

「要是奇諾生長在這個國家，一定會是我們的伙伴。」

「這樣的話，我們應該會一起戰鬥吧。她那了不起的槍法，應該能幹掉許多史蓋羅克魯茲那些傢伙吧。」

「想必我們，會變成感情融洽的戰友吧。」

「我是那麼認為呢。」

# 第三話
# 「限制之國」
*—Unreal Young Man—*

# 第三話「限制之國」

## —Unreal Young Man—

「喂……是妳吧？妳就是昨天入境的那個叫奇諾的旅行者。我從收音機聽到的！」

「沒錯，我就是奇諾。」

「不好意思讓妳站著說話，不過我馬上說完，請妳聽一下喲！就是這個國家很糟糕的地方！」

「你說、糟糕的地方是嗎？」

「對……沒多久而已，就是發生在上個月的事情。這個國家的法律，禁止了××××！想不到過去到處都可以買得到，帶給眾人歡樂的××××，現在卻被禁止了！無論是製造、販售跟購買，甚至只是單純持有都不行！像我啊，還被要求繳出所有用薪水買的××××呢！要是不繳出來的話，就會被逮捕呢！」

「突然變這麼嚴格啊？」

「是啊！這國家真是腦筋短路了！我想讓旅行者知道這件事，並且把它宣傳到國外。只要入境的人們說『那很奇怪』，搞不好能夠改變這國家那群白癡政治家的想法呢！就算只有些許的可能性，

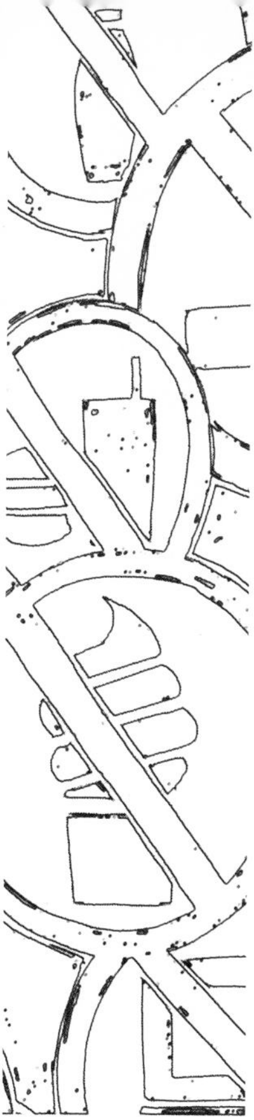



但也要試試看！」

「原來如此。」

「那些政治家跟抱持差別待遇主義的倡導者，都說×××××會破壞人性。還說『它會助長犯罪，讓年輕人走火入魔，並輕易墜入犯罪之路』！但是，×××××從幾十年……不，從幾百年前就存在於這個國家了！那段時間大家都走火入魔了嗎？開始作奸犯科了嗎？更何況，就算限制×××××也不會讓犯罪從這國家消失啊！」

「這個嘛～的確是沒錯啦。」

「或許真有人受到×××××的影響而犯罪，而且那個數據也不可能到零！但是，基於那個原因就要限制的話，乾脆把全世界的東西都限制好了！不要對人生因為×××××而多采多姿的我們置之不理！總歸一句話，限制×××××的人們，只是『厭惡』×××××喲！只是因為『自己不喜歡×××××。因為厭惡，就算限制也無所謂。大可不必管其他喜歡×××××的人們的想法』！」

「嗯～」

「所以那些傢伙，根本就不把喜歡××××又遵守規則、倫理，而且把它當做樂趣的人們放在眼裡！他們根本就不想知道我們為什麼會喜歡的理由，又怎麼地樂在其中。反倒還認定我們應該是受到唾棄的一群！一旦讓他們因個人好惡而建立那種限制法令，那人類將無法保有他們的興趣、嗜好了！討厭辛辣食物的傢伙，搞不好會建立禁止芥末的法令！討厭甜食的傢伙，就會禁止販賣蜂蜜呢！」

「原來如此，你的意思我大致上都了解了。」

「喔喔！抱歉，請原諒我的情緒有點激動。其實我，也很討厭別人說自己祖國的壞話。但是，請妳幫忙宣傳我的國家現在是限制××××的白癡國家喲！拜託妳了！」

「沒問題──倒是，我有個問題想請教一下。」

「喔！什麼問題？」

「我要進入這個國家的時候，原本騎乘的伙伴漢密斯被禁止騎進國內，也禁止我攜帶說服者入境。害我不得已在手無寸鐵的情況下，以徒步的方式在這國家四處逛。關於貴國法律全面限制那些東西，你有什麼意見呢？」

「那很簡單啊！因為摩托車吵得要命，而具有危險性的交通工具受到限制是理所當然的事啊！

至於說服者算是殺人的道具，我們國民連碰都不准碰呢！包括我在內的國民，幾乎都非常討厭那兩樣東西呢！」

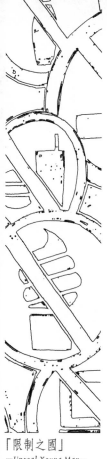

# 第四話「開運之國」

—The Fifth "C",Cozenage—

# 第四話「開運之國」

## — The Fifth "C", Cozenage —

有一輛車奔馳在廣闊的大地上。

那是一輛又小又破爛的黃色車子，雖然以它的狀態還能夠跑可以算是奇蹟，但它還真的正常行駛中呢。

坐在右側駕駛座的是個子略矮但長相俊俏的男子，副駕駛座則坐著一名外表美麗的黑色長髮女子。兩個人都戴著淡色的太陽眼鏡。

至於車子的後座，則亂七八糟塞了一堆旅行用品。可見他們並沒有很用心整理。

一把口徑大到足以轟死大象的步槍型說服者（註：指槍械），就插在睡袋、帳篷、水與燃料罐等用品之中。

這片大地有泥土、草、樹叢還有山丘。

這兒的世界遼闊，地平線被綿延的低矮丘陵擋住而看不見。現在正值春天，因此綠葉繁茂。天空萬里無雲，陽光非常強烈。

「開運之國」
—The Fifth "C",Cozenage—

有如蛇一般蜿蜒的道路，窄到只能勉勉強強行駛一輛卡車。

道路兩側夾著灌木叢，略帶紅色的棕色泥土路面，毫不間斷地往前延伸。路上處處都是坑坑巴巴，每當通過那些坑洞，小車就劇烈搖晃。

「有人會走這條路嗎？師父。」

為了不咬到舌頭，在駕駛座的男子趁車子不晃動的空檔才開口說話。

被他稱為師父的女子，則還是一臉毫不在乎地回答：

「誰曉得呢？我只聽說這前方有一個平常就少有人前往的國家。」

「我想也是呢～畢竟這條路真的爛得可以。現在是乾旱期倒還可以走，一旦進入雨季的話就到處是泥沼喲——既然特地前去那裡，那兒是否有什麼可以賺錢的好康呢？是否有聽說那個國家的特產是什麼呢？」

「有啊——好像是陶瓷器。」

女子的回答讓男子戴了太陽眼鏡的臉像酸梅干那麼皺。

「那樣的話～不太好吧～」

男子邊握方向盤，邊聳著肩說話。

因為陶瓷器是易碎品，光是要運送就很麻煩。若不是什麼名貴物品的話，就更別想期待能賣多高的價錢呢。也就是說，其進出口的投資報酬率並不是很好。

「這個嘛～只要有什麼美食可吃就好了啦。」

男子一副興趣缺缺的樣子，眺望位於山丘下方的城牆。

兩人入境的那個地方，是個非常遼闊的國家。

城牆綿延到非常遠的地方，完全看不到盡頭。國內有大河潺潺流著，綠色的農田有如四角形絨毯般地蔓延。

小車四平八穩地行駛在國內的道路，進入了最繁榮的市中心。雖說是市中心，也只是許多櫛比鱗次的磚造或木造平房，說起來算是很恬靜的城市。

當他們行駛在商店街的主要幹道，陌生人的身分讓他們引人側目。穿著樸素的居民們則手拿著籃子一擁而上，籃子裡裝的是蔬菜或水果。

雖然看起來都很新鮮可口，不過——

「開運之國」
—The Fifth "C", Cozenage—

「好好好，請先讓開好嗎？等一下我們會好好採購一番的。」

男子按喇叭想驅趕那些擋路的居民，結果——因為壞掉而沒響。

找到可停車的地方以後，兩人便把車子停放在那裡，然後徒步走向馬路。

他們回到剛剛通過的主要幹道，然後女子到處尋找店家。至於男子，倒是一面啃著水果一面跟在她後面。

而看起來似乎閒閒沒事的居民們及孩子們，則是好奇地跟在他們後面。

看到女子的右腿位置閃著一把大口徑的左輪手槍，以及男子的左腰掛著一把自動式的說服者，孩子們抱持著好玩的心態，用手指做出開槍射擊兩人的動作。

「我說你們，要是拿真槍那麼做的話，至少已經死五次了哦！」

男子對孩子們那麼說，但他們似乎都沒聽進去。

女子看了幾家店，但賣的都是糧食、簡單的雜貨及衣服類等等。

然後到了傳聞中的陶瓷器店，貨架上的確排列很棒的物品，店裡的人也很熱情地推薦他們購買。

不過，女子什麼也沒買。

「這個嘛～這些做工的確很精細呢……」

那麼說的男子用手指在製作精巧的輕薄瓷器上彈了一下，結果發出非常悅耳的高音呢。

正當他們巡遊店家的行程大致上快結束的時候，兩個人依然被居民們團團圍住。

「旅行者，可以耽誤你們的時間嗎？我有點問題想請教一下。」

這時候有一位老人對他們說話了。他年紀看起來已屆八十歲，旁邊還站了一名中年男子，可能是他的同伴吧。

「什麼問題呢？若是我知道的事情，我當然很樂意回答。」

一聽到女子這麼說，老人便帶兩人到他的店裡。

那是一家相當寬敞的店，老人說他是那兒的老闆。裡面販賣的東西，跟其他店一樣都是很精緻的陶瓷器。

「其實，這有關這個東西……可以請旅行者買下來嗎？」

此時男店員搬到兩人腳邊的，是一只大木箱。那只打開以後大到能夠當桌子的木箱裡，裝的是許多石頭。

那些是白色但略帶透明的石頭，形狀大小都不一。小的大約像指尖那樣，大的則像拳頭那樣。

那樣子的石頭在大木箱裡裝滿了好幾百顆……不，可能有好幾千顆吧，實際數量並無法確定。

「這些、應該是水晶吧？」

男旅行者喃喃說道。

女子靜靜地蹲下來，把手伸向箱子並抓起其中一顆。那是帶點淡淡的粉紅色又有如金平糖那樣的乳白色扁圓石。

「…………」

女子看著那顆石頭大約九秒鐘，再隨手把它丟回箱子裡。石頭之間輕輕碰撞，發出很細小的撞擊聲。

「這些，是在這個國家採集到的嗎？」

對於站起來的女子所提出的這個問題，老人回答：

「是的，但是我並不需要它們。為了要燒陶瓷，我們從河川採集細泥土，而那些石頭就是在那

「開運之國」

—The Fifth "C",Cozenage—

個時後卡在篩子裡的。」

男旅行者一面點頭一面說：

「原來如此，那些應該很礙事呢。不過……直接丟掉不就得了？」

「關於那點……要是丟到河川的話，就會惹惱在下游採集細泥土的人們。因為他們又得做篩選的動作。但是丟在路上，赤腳走路的人會抱怨那害他們的腳很痛。當然就更不能往農田裡丟，也不能往不知何時會劃分成農田的國土上丟。帶到城牆外面丟又覺得麻煩，所以就像這樣收集起來保管至今。我倉庫裡還有一大堆呢。」

「嗯——……那不然，把它仔細加工成飾品怎麼樣？其他國家都那麼做喲。」

聽到男子的建議，老人卻搖起頭來。

「我年輕的時候曾經那麼做，後來也的確全體國民都人手一個。可是一旦賣不出去，加工就會變得很麻煩，現在不僅沒人想做加工這種事，也不想要這石頭了。所以我想說最起碼讓你們買下，幫我帶到國外去，那就算是幫了很大的忙。」

「那樣的話……我想旅行者跟商人，可能不會想要喲，也別想期待能賣到什麼高價呢。若這附近有國家的話，那就另當別論了。」

聽到男旅行者把話說得這麼白，老人沮喪地垂下肩膀。

「看來真的就像你說的那樣呢……這樣該如何是好呢……」

結果，從剛才就沉默不語的女旅行者，表情跟先前一樣沒變地說：

「我倒是有個主意。」

在男旅行者、年老的老闆以及男店員們所有人的注目之下，女子淡淡地說：

「沒有人想要這些石頭，是因為它們沒有價值的關係。」

「這個嘛，說的也是呢。」

男子附和道，女子則繼續說：

「既然這樣，只要幫它創造價值不就得了？」

「妳說…創造價值是……？」

老人轉頭看著她說道。

「是的。把這石頭設定成『具有擁有它就能帶來幸運的石頭』，而不是『單純只是有點漂亮的

「開運之國」
—The Fifth "C",Cozenage—

石頭』。把它當成從很久以前這國家就有這樣的傳說，然後把它賣出去。」

「…………」

女子繼續對訝異地張大嘴巴的老人與店員解釋。

「那個時候並不需要強求全體國民幫忙。如果東西大賣，你就捐款給國家當做是回饋吧。」

「可、可是……」

老人插嘴說道。

「那樣的話……就變成是欺騙客人的行為了……那跟賣破了洞的茶杯給客人沒什麼兩樣耶。實際上這石頭，根本就沒有那種力量……」

「你說的沒錯。它是沒有力量。但是，人類卻有『確信』的力量。得到它的人會相信『我買到非常棒的東西！接下來好運將會降臨在自己身上！』，那將促使那個人得到自信。然後，當一個人有自信就會付諸在行動上，也會幫助他邁向成功之路。就像是對病人說砂糖是特效藥並讓他服下，結果病因此痊癒了。儘管理由是騙人的，但疾病治好了卻是事實。因此，不管是否騙人，應該是視買家的想法來論定吧。」

「…………」

「而且，覺得『誰會相信那種鬼話啊！』的人根本就不會買喲。只有覺得『我願意相信看看那種石頭！』的人才會購買，這樣就沒問題了。因此，沒必要對『騙人』這種想法有罪惡感哦。」

「…………」

「這個時候，你定的價值最好盡可能高一點。就算你因為數量太多而便宜販賣，反而不會被買家放在眼裡，覺得『那應該沒有那麼大的效果吧』。但是價格昂貴的話，買家就會覺得『它之所以那麼昂貴，應該是大家都想要的關係吧。既然大家都想要，鐵定這石頭有那種力量吧』。因此，這其中的訣竅就是慢慢把石頭高價賣出。」

「…………」

「至於這些石頭，就讓它們保持原狀。沒必要勉強琢磨或修整它的形狀，只要標榜『形狀自然的話力量最強大』，那你連加工的時間跟費用都能夠省下來了。而且，最好不要讓外界知道你擁有這麼大量的石頭，要堅持這是這國家非常稀有的石頭。就算遇到打算一次大量購買的人，也要說『只有這顆而已』。要讓它的稀少性來強調其高價的理由。」

「嗯、嗯……」

「開運之國」
—The Fifth "C", Cozenage—

老人迷惑地發出呻吟。至於在旁邊的店員，也都露出看不出是訝異或佩服的表情。或許兩者都有吧。

女旅行者又說：

「不過，是否真的要那麼做，最後的決定權是在你哦。」

「嗯……我確實得到妳的意見了。總之，先謝謝妳了。我想要好好答謝妳，妳有什麼想要的東西嗎？」

聽到老人這麼說，女子則說：

「那麼，我想拿一顆石頭當做紀念。」

說著便從箱子裡拿起一顆石頭。那顆石頭不太大，大概像硬幣那麼大。

「那樣就可以嗎？」

女子點了點頭，然後說：

「我也不討厭隨處可見的石頭喲——若當做對這國家的回憶。」

兩名旅行者在那國家過了一夜之後，隔天就出境了。

結果他們買的只有旅途上所需的食物。而且還是非肉乾類的生鮮食品，因此只買在幾天內就要吃掉的數量。

這時候破破爛爛的車子，再次行駛在崎嶇不平的道路上。厲害的是這輛車還不會故障呢。

「結果，我們並沒有賺到錢呢～」

開車的男子如此說道。

「不，我們賺到不少錢喲。」

但是坐在副駕駛座的女子卻回了他這麼一句話。

滿臉訝異看著隔壁的男子則說：

「啊，妳說那顆石頭是嗎？」

他看到女子從夾克內袋拿出那顆石頭，而且還小心翼翼地用布包著呢。

男子一面看著前方轉動方向盤，一面說：

「那個國家的人們，會照我們說的那麼做嗎？」

「開運之國」
—The Fifth "C", Cozenage—

「就算耿直的老闆辦不到，他周遭的那些職員或許辦得到呢。」

「原來如此——那就祈禱往後來這國家的旅行者或商人，是『坦率相信幸運的人』喲。」

男子之所以那麼說，是打算結束這個話題。

不過，女子並無意結束。

「那個國家的人們——還有你，都沒有發現到喲。」

「啊？——發現什麼？」

男子相當訝異，並且反問女子。

女子把拿著石頭的右手往前伸，在透過擋風玻璃照進來的陽光照耀下，石頭發出暗淡的光芒。

然後——

「這顆，是鑽石的原石喲。」

「…………咦？師父……妳剛剛、說什麼？」

「我是說，這顆跟那個木箱裡的石頭，全都是鑽石。這些到底有幾克拉，連我都無法想像。或許，應該說幾公斤會比較恰當呢。」

「…………」

男子沉默好一陣子並繼續開車，最後開口問道：

「妳不回頭？」
「不了。」
女子立即回答。
男子則不悅地癟著嘴說：
「妳應該早點告訴我的……」
「這要怪你自己沒有看出來。只因為數量眾多，你就擅自認定『這些是水晶』不是嗎？這下子學到教訓了吧？」
「這種教訓太慘痛了吧……可是，既然這樣，當時妳大可以多要一些的啊，譬如說多到把包包裝得滿滿的。」
「對我的工作而言，只要拿這顆當酬勞就綽綽有餘了喲。只要把這顆拿到把鑽石當寶石看待的大國家，應該能換到好幾年份的旅費吧。」
「既、既然這樣，怎麼不連那個箱子一起拿呢……？」

「開運之國」
—The Fifth "C",Cozenage—

男子的情緒越來越激動。

不過，女子倒是依舊很冷靜。

「那我反問你——」

她反問男子。

「若拿了那麼大量的原石，你覺得真有人會出高價向我們購買嗎？」

男子想了一下，然後搖搖頭說：

「不……買方會殺價。而且，應該會追問我們是在哪個國家得到的原石吧？搞得最後，或許我們還會沒命呢。」

「所以只要拿一顆就好。就連發現的場所，也瞎掰是在旅行途中某不知名的河畔。」

「是嗎……我明白了……」

男子呻吟般地說道。

女子仍然保持沉默，在等他說自己明白些什麼。

「未來到那國家的旅行者或商人，若沒有看出是鑽石——就會覺得那種『帶來幸運的石頭』是在騙人而不會購買……不過，其中或許有迷信運氣而肯花大錢的奇特傢伙，或真正相信那種說法的人呢。」

「開運之國」
—The Fifth "C",Cozenage—

「說的也是呢。」

「不過，若眼力夠好而看出是鑽石——就會像師父妳現在這樣，以價格不暴跌的標準買進，在不公布出處的情況下賣出，然後不斷重覆這種事情。結果，那國家的人們不僅因此賺大錢，商人跟旅行者還賺得更多。而且也不用擔心原石過於大量會被一口氣殺價。也能防止那種被鑽石迷惑雙眼而闖入那個國家的無禮傢伙……」

「沒錯——當然啦，多多少少也會有自目的傢伙把事情全說出去的可能性呢。」

「這個嘛～不曉得會怎麼樣呢。」

男子一面思考那國家的未來，一面對著天空喃喃自語。然後——

「不過——」

男子開心地邊笑邊說。

「鑽石這種東西，該是你的就是你的呢～那些拚命花大錢，買來送戀人或未婚妻的男人若知道這件事，鐵定會嘔死喲。」

聽到他這麼說，女子則冷冷地說：

「只要別讓他知道不就得了。」

# 第五話
# 「遺作之國」
## —Write or Die—

# 第五話「遺作之國」

—Write or Die—

這是發生在某個國家某個天氣晴朗的日子的美麗湖畔的事情。

奇諾與漢密斯一面發出「吧吧吧吧吧吧吧吧」的爆裂聲，一面奔馳在湖畔的道路上，結果看到一名正在釣魚的男子。

男子頂著上午的太陽，在路中央坐在倒放著的水桶上，手裡拿著一根長長的釣竿。

繫在釣竿前端的釣線筆直往下垂，那條線垂進昨天下的雨在路中央形成的淺淺水窪裡。浮標則漂浮在水面。

由於水窪很淺的關係，浮標下的釣線則亂七八糟地盤成一團，連插在釣鉤上的蚯蚓都看得見。

奇諾讓漢密斯停下來，並用主腳架把他架起來以免倒下。

然後，對完全沒把奇諾與漢密斯放在心上的男子說話。

「你在這個國家，是個暢銷作家對吧？」

「…………」

男子頭一次轉頭望向奇諾那邊。
然後問，妳怎麼知道？
奇諾回答：
「因為我受託前來殺你。」
奇諾腰際的說服者閃著黑色的光芒。

那是發生在前一天的事情。
就在奇諾與漢密斯入境某個國家的第二天。
一群西裝筆挺的男子湧到悠閒吃完午餐的奇諾旁邊，並且說「我們有工作務必請妳幫忙，可以移駕聽聽委託的內容嗎？」
「可以是可以，但我不確定是否接受委託喲。」
奇諾那麼說，並且跟漢密斯一起進入某棟豪華大樓。

那兒有許多表情更嚴肅，歲數也相當大的男子。
他們劈頭就說希望奇諾幫他們殺一個人。
「這是這個國家的一流笑話喲，奇諾，得好好配合笑一笑呢。」
漢密斯如此說道，但男子們表情正經並淡淡地開始說明。
無論如何都希望妳能殺一個人。
殺人當然是違法的事情，但犯人若逃到國外，這國家的警察當然就無法偵辦了。
只要妳明天殺了他並立刻出境，這樣就毫無問題。而我們會支付許多酬勞給妳的。
我們希望妳殺的對象，是這國家的某暢銷小說作家。
他寫的系列作品非常受歡迎，而且在國內爆紅，甚至被改編成舞台劇、電影、電視劇或連環畫，至今一直受全國讀者的愛戴，也成了近年來最熱賣的作品。
聽到這裡，漢密斯說：
「哈哈~我懂了！大叔你們是那家出版社的競爭者對吧？」
但男子們卻表情嚴肅地搖頭否認。
然後還說，自己是持有該作家版權的公司的人。
「什麼？那麼，你們想殺掉會下單的驚奇貓？」

漢密斯說道。

「…………？」

大家沉默沒說話。

奇諾則補充說道：

「……你是指『會下蛋的金雞母』嗎？」

「對，就是那個！」

漢密斯那麼說以後就稍微安靜些。

然後，又再次對訝異地張開大口的男子們說：

「那麼，你們想殺掉會下蛋的金雞母嗎？」

裡面地位最高的男子回答他那個問題。

「因為他已經下不出蛋了，我們才想殺了他。」

奇諾要求他說明原因，於是男子們便娓娓道來。

那位作家的確寫了很棒的書，那也成了全國最受歡迎的作品。而且他在很短的時間內以相當快的速度寫作，也不斷完成一系列的作品。

可是，最近他就是不肯幫我們寫續集。

無論編輯怎麼催，公司高層怎麼拜託或是請他吃飯，那位作家就是不肯寫續集。

而讀者又不斷詢問下一集什麼時候要出版。

他明明知道若是趁現在正在播映電影與電視劇的時候出版新書，鐵定會賣翻的。

以出版社的立場來看，怎麼可能眼睜睜錯失這賺大錢的機會呢。就算目前現有的作品很暢銷，但新書一直沒有下文的話，最後銷售量也會每況愈下的。

「可是，若殺了他——」

漢密斯本來想繼續說「不就是賠了夫人又折兵」，不過——

「原來如此。」

奇諾卻打斷他的話。

「讓他死掉的話，對出版社來說反而比較有利呢。」

「這話是什麼意思啊，奇諾？」

此時奇諾代替表示默認的男子們做說明。

「也就是說呢，漢密斯。當暢銷作家去世，那會在國內蔚為話題。」

「是沒錯啦。」

「如此一來，他的作品就會突然受到注目並熱賣。」

「原來如此——！過去對他的作品沒什麼興趣，搞不好連看都不看的人們，就會被標示『作者猝死．追悼特集』的書架所吸引對吧！」

「這樣他現有的作品就會熱賣，這是其中一個理由。而且還可以藉作者去世一事，炒作誰或其他人有可能接手他的系列作品這個話題。只要標榜『承襲其遺志與構想的新書終於登場』，那部作品應該也會大賣，而改編的電影與電視劇也能繼續推出。」

「原來如此原來如此！奇諾，妳真的好聰明哦！對了，妳從哪兒得知那麼厚臉皮的知識啊？」

「以前在某國家看的懸疑小說裡曾寫過那種內容。只不過，那故事裡被殺的角色不是作家而是人氣漫畫家。」

「我瞭，看來讀書有時候也不是徒勞無益的事呢。」

「有時候嗎?反正先不討論那個。」

奇諾再次把臉轉向男子們。

男子們說，既然妳已經有這麼透徹的了解，那接下來的事情好辦了。還說無論多少酬勞都願意支付，只希望妳務必接下這個工作。

然後奇諾，說了她的答覆。

「因此，我拒絕殺害你的委託，現在正準備出境呢。」

奇諾對男子如此說道。

聽完她的解釋，男子的表情完全沒有改變。

「嗯——那麼，出版社的人聽到妳拒絕他們，結果怎麼說呢?是不是像這樣呢?」

那麼說的男子突然粗聲粗氣地說：

「『為什麼不願意呢!妳不是有說服者嗎?既然攜帶說服者，在旅行期間也曾殺過人吧?既然曾殺過人，叫妳殺一個人並不是什麼困難的事情吧?況且只是殺一個不肯做事的作家，應該沒有多困難吧?而且妳立刻出境的話，就不會被問罪喲!反而還能拿到大筆的酬勞!妳現在正處於受惠的立場！妳答應的話就能幫助許多有困難的人喲！像我們就是正面臨困難喲！我們的生活變成什麼樣，妳都無所謂嗎？啊？』。」

男子一口氣把自己想的台詞說完了。

「啪啪啪啪啪啪啪啪！」

漢密斯以嘴巴發出熱烈的掌聲。奇諾也目瞪口呆地發出讚嘆。

「好厲害哦～跟你說的幾乎差不多呢。」

「不愧是作家！——不過，你打算怎麼辦？現在人家想要你的命耶？」

漢密斯如此問道，男子則繼續拿著釣竿，一副悠然自得的模樣。

「嗯——這個嘛～我不認為公司那些人會不惜拋棄自己的人生，而且這個國家很難得有旅行者會來，所以我應該還很安全吧。」

原本看著奇諾他們的男子把視線又轉回來，凝望著浮在水窪水面上的浮標。

「怎麼樣？有釣到什麼嗎？」

奇諾詢問他。

聽到這句話的男子略微吃驚，但笑咪咪地回答：

「旅行者妳腦筋有問題吧，水窪是不可能釣到魚喲。」

# 第六話
# 「亡國之國」
## —Self-destruction—

# 第六話「亡國之國」

## — Self-destruction —

我的名字叫陸，是一隻狗。

我有著又白又蓬鬆的長毛。雖然我總是露出笑咪咪的表情，但那並不表示我總是那麼開心。我是天生就長那個樣子。

西茲少爺是我的主人。他是一名經常穿著綠色毛衣的青年，在很複雜的情況下失去故鄉，開著越野車四處旅行。

同行人是蒂。她是個沉默寡言又喜歡手榴彈的女孩，在很複雜的情況下失去故鄉，不久前才成為我們的伙伴。

我們正奔馳在草原上。

滿載著旅行用品的綠色越野車，在綠色的大地前進。

潮濕的黑土道路無止盡地筆直延伸，也越過好幾重又好幾重草原山丘。

這一天是天氣非常好又溫暖的日子。天空一片蔚藍，高掛在東方天空的春天太陽，持續溫暖著青翠的嫩芽。

在駕駛座的西茲少爺依舊穿著毛衣，為了保護眼睛不受強風吹襲，因此戴上了防風眼鏡。

蒂跟往常一樣穿著長袖襯衫跟短褲，坐在副駕駛座上。

然後我則是坐在蒂的雙腿之間，撐住蒂的上半身。這個嘛～雖然是常有的事，但老實說——好重哦。

草原開始看得見樹木了。

高大的針葉樹聚集在某個空間，便創造出只在那兒生長的森林。道路兩側出現越來越多那一類的綠意。

「蒂，看到森林了嗎？那個啊～是人工種植出來的喲。」

西茲少爺開始對蒂說明。

他有時候會看著蒂的臉，語氣有如和藹的老師說：

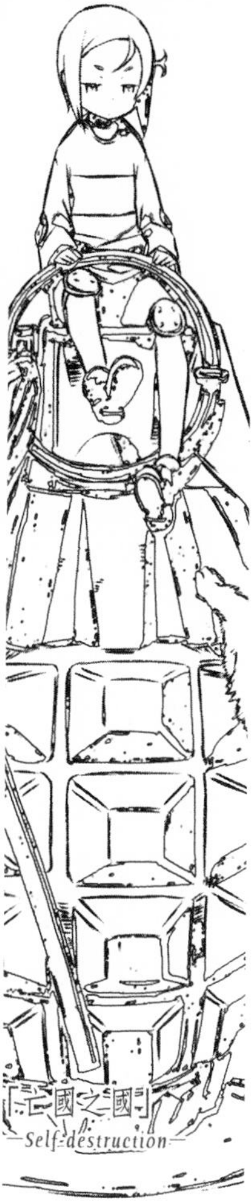

「若是自然生成的森林，絕不會像那樣有同種類樹木聚集生長的情況。那是所謂的『造林』，是利用人工的方式創造出來的森林。人們種植樹苗，砍掉成長緩慢的樹木，以那種方式經過多年培育之後，再砍下來當材料使用。」

「……………」

蒂還是跟平常一樣沉默不語，但她每次都很仔細聆聽。其證據就是很久以前西茲少爺曾打算重覆先前說明的事情，結果她簡短地說「我知道」這句話。

所以就算她沒有反應，西茲少爺還是繼續他的旅遊課程。

「光看到那片森林，就能夠了解許多事情。首先，就是我們已經離某個國家很近——也難怪那片森林是人工造出來的。還有，那個國家並不遼闊——因為境內能夠造林的空間稀少，所以才會在境外造林。若城牆的狀況老舊，也無法輕易擴展呢。」

「……………」

蒂默默地聆聽。

之前我曾問過西茲少爺這樣的問題。

西茲少爺跟蒂都希望能夠在某個國家定居下來，因此沒必要讓蒂吸收什麼旅行常識，也沒必要在路上教她這些常識吧？

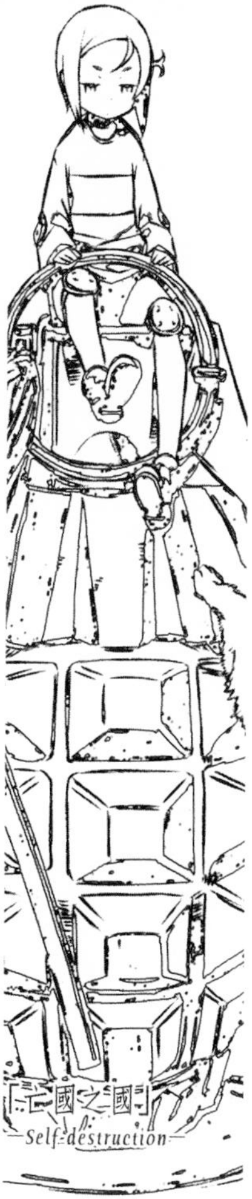


被我這麼一問的西茲少爺像是頭一次察覺到這件事似地，在驚覺之後便難為情地承認「你說的沒錯」。

儘管如此，西茲少爺還是像這樣教導她。

只要有機會，他都會把自己所知道的知識告訴蒂。西茲少爺覺得只要蒂跟自己一起行動，就希望把能教的全教她。他總是抱持那種想法。

「這世上有各式各樣的國家。不過，大致粗略分的話就只有兩種。一種是能夠讓人民幸福的國家，另一種是無法帶給人民幸福的國家。」

「…………」

「然後——有一點希望妳要牢記在心。所謂的國家，是由人民建立的。有時候國王或獨裁者會把人民帶往不幸的方向，但是拒絕那種事情，有時候甚至豁出性命戰鬥反抗，也是人民的力量。」

我很擔心他講的內容會不會突然變得太艱深，但是把下巴抵在我頭上的蒂卻用堅定的語氣，邊點頭邊這麼說：

「我懂。」

這不僅是西茲少爺，連我都很驚訝。而她接下來所說的話，也是讓我們瞠目結舌。

「戰鬥是嗎……丟炸彈的工作就交給我吧。」

蒂從座位後面的行李拿出自己的榴彈槍並這麼說。那是以前西茲少爺收到當代替酬勞的武器。

然後在看到石砌的城牆以前，西茲少爺仍滔滔不絕地說明人們為了解決問題，為什麼動不動就仰賴炸彈。

剛好在日正當中的時候，也就是正中午的時候，我們抵達了目標中的國家。

那個國家的城牆，被森林團團包圍。

在生長著植林的寬闊森林裡，有石砌的城牆。從它弧形的樣子來看，似乎不是很大的國家。應該是有如巨型都市的國家吧。

但是，那個國家的城牆，卻又跟其他國家大大不同。

「這個，是怎麼回事啊……？到底發生了什麼事……？」

西茲少爺一面慢慢行駛越野車，一面語氣強烈地說出心中的疑問。

也難怪他會有這種反應。因為現在他行駛的道路前方，城牆從原本應該有城門的位置一一拆掉，

入口整個是大開的。眼前所見的，只有起重機跟作業員，在附近看不到士兵的蹤影。

厚厚的城牆對國家的防衛來說，是最為重要的部分。因此無論哪個國家，只有加強防衛這種事，沒有削弱防衛這種事。

而城牆開始瓦解又沒有衛兵駐守，這真的很不尋常。別說是敵軍，連山賊那種傢伙都無法應付得了吧。

不過還是有例外，像是為了擴張領土而早就把城牆建在外側，或是其周邊完全沒有國家，或是早已跟強大的鄰國簽署條約等等。

可是根據我們一路走來的景色，以及前幾天離開的國家的狀況來看，並不像前面所想的那樣。這附近有許多國家，而且就我們所看到的，並不認為那些國家有多友善。

過去我們曾造訪過沒有城牆只有柵欄的國家，那個國家只是因為他們有很大的誤會而已。那個國家，現在應該還存在呢。

「……」

沒說話的不是蒂，而是西茲少爺。

我想西茲少爺早就放棄移民到這國家念頭吧。沒有針對國防做考量的國家，撇開自身的安全不說，對於蒂的未來也不適合。

因此，就算沒有入境就這麼直接經過也無所謂。但眼前的問題就卡在燃料與糧食的補給。因此「前往能夠有所補給的場所」，當然是旅行者的鐵則。

「決定了喲。」

經過幾秒鐘的思考，西茲少爺如此說道。

結果，雖然還是進入這個國家，但我們會馬上把該買的東西買完，然後盡可能在最短的時間之內迅速出境。要是在入境期間捲入什麼糾紛，那可就麻煩呢。

在這個國家，我們應該不會留下一絲絲的回憶吧。

這個時候，我們是那麼認為啦。但是——

當我們一接近城門，走出一位笑臉盈盈的入境審查官。

還非常親切的對我們說「歡迎各位大老遠地光臨我國」。一副完全不會拒絕我們入境的態度。

西茲少爺要求讓我們入境做補給，結果他們理所當然似地發下許可。

還說他們也允許我們全體移民至此，希望我們能夠就此留在這裡，但是西茲少爺婉拒了。然後他問，這國家的防衛體制到底是怎麼了？

入境審查官則笑嘻嘻地說：

「我們在新指導者的帶領下，把友情與愛情看得比任何事情都還重要。因為我們相信人，所以不會遭到背叛——旅行者，如果是你，你會背叛相信自己的人嗎？」

西茲少爺一面把越野車開進國內，一面在入境審查官沒聽見的地方喃喃回答他的問題。

「人類如果餓到不行，可是連朋友都會吃下肚的——只因為自己從未餓過肚子就認定別人也不會餓肚子，那根本就稱不上是友情，也不是愛情。」

雖然入境之後才發現，但很諷刺的是，這個國家非常美麗。

充滿歷史風味的石造房屋櫛比鱗次地排列，街道也非常整潔。道路還用石頭鋪設而成，非常適

合車輛行駛。

看路上的居民服裝都很華麗，想必生活應該很富足吧。他們對旅行者露出了天真無邪、無憂無慮的笑容。

科技方面也有大致上的發展。街道上立了路燈，也有販賣收音機，還有小型汽車在路上行駛。

西茲少爺買完東西以後，再來是補充最需要燃料與糧食。於是他拿從其他國家帶來，但在這國家是很稀有的物品做以物易物的交易。

西茲少爺在居民們的注目之下，迅速完成買賣的交易。店裡那些人都很開朗、親切。

只不過我們在這國家要辦的事情已經辦完，沒必要久留。於是我們連休息都沒有就往正對面的城牆前進。

就在我們穿過擁擠的大馬路，看到正對面……當然也開始拆除的城牆時——

「冰。」

蒂指著路旁的小型卡車說道。

那兒停了一輛畫著七彩冰淇淋的卡車，孩子們開心地購買疊了三大球的冰淇淋。

「這個嘛~是冰淇淋啊……我也好久沒吃了，就去買吧。」

旅途中是買不到冰淇淋的。西茲少爺覺得就算急著出境，稍微停下來吃個冰淇淋也沒什麼大礙，於是把越野車停在路肩。

買了疊得高高的冰淇淋，西茲少爺與蒂就站在越野車旁邊吃了起來。西茲少爺還說「這冰淇淋很好吃喲」。

「……」

蒂沒有說話，倒是她大口大口地吃冰淇淋，像是在考驗嘴巴的耐冷極限。基本上來說，那並不是冰淇淋的吃法。

當兩人吃完冰淇淋，準備出發的時候。

「喂！旅行者嗎？」

我們聽到有個態度粗魯的男子聲音。

雖然很想回答「這個嘛～應該看也知道吧」，但西茲少爺還是彬彬有禮地說：

「是的，但我們馬上要出境了。」

從越野車後面走過來跟我們說話的，是一名年過六十的男子。他的身材微胖，穿著被泥土弄得髒兮兮的藍色連身工作服。

他的表情看起來很不悅，但西茲少爺的回答讓他的表情變得和緩些。

「是嗎？那就好——要走就盡快走。反正你們很快就能出境了。」

然後他從越野車的旁邊走過。

對他最後恨恨說的話感到在意的西茲少爺問：

「你有什麼看法呢？就是關於城牆被拆除這件事。」

「…………」

男子停下腳步，並慢慢回頭說：

「你覺得呢，旅行者？」

雖然提出的問題又被丟回來，西茲少爺還是彬彬有禮地回答：

「因為我是剛剛才入境的，對這兒的狀況完全不了解。但是——如果要我直說的話，我覺得是『愚蠢的政策』。這是很不尋常的事情。」

「沒錯，那是很普通的看法。像我，也是那麼認為。」

很難得男子的反應跟這國家的人們不一樣，想不到也有這麼認為的人呢。

「那麼，為什麼這國家會容許那種事情呢？」

西茲少爺詢問他最想知道的事情。過去遇到的人都很開朗，讓他問不出口。而這個男子似乎很與眾不同。

「若要說為什麼的話──」

果然，這男子回答了。

「因為不久前這國家選出來的新指導者那麼決定的。他說為了要增加友好國家，應該要大開國門才對。後來就把所有城牆拆除，打算建立每個人都能夠造訪，而且『人見人愛的國家』。」

西茲少爺一度環顧四周，然後把聲音壓得更低問：

「那位指導者，是不是……受到外國的影響？」

這世上有許多說國家指導者的壞話是違法行為的國家。對行事一向慎重的西茲少爺來說，他這樣的發言算相當大膽。應該是他無法不問吧。

然後，男子很乾脆地肯定他的說法。

「應該是吧。這國家的西方，有個逮到機會就想拓展領土的大國。我是不清楚是從那個國家拿了錢或被勒索或欺騙啦，搞不好全都有呢。反正這國家的指導者有如傀儡一般。」

「那麼，這國家遲早會被併吞囉？」

「沒錯。搞不好明天就會有大軍壓境佔領這個國家，把反抗的人全殺光，剩下的當奴隸使喚。這種事很常見呢。」

「就戰術來說，引誘對手自投羅網那一點都不稀奇。如果我是那個大國的指導者，應該也會策劃同樣的事情呢。」

「是啊，但是這國家的人都沒發現到那一點。」

「那麼，你為什麼會發現到呢？」

西茲少爺問道，我也覺得很不可思議。這國家的居民們都沒有這種致命的危機感，為什麼只有這個男人會這麼正常呢？或者該說他「異常」呢？

「你應該早就料到了吧，『旅行者』？」

男子意有所指的這番話，讓西茲少爺轉過身來看他。然後，一副同意他說法似地用力點頭。

「你，並不是在這國家生長對吧？——你是移民者。」

「一點也沒錯。但是現在這裡是我的國家喲。雖然它再過沒多久就要滅亡了，搞不好是明天呢。

你們沒有必要一起陪葬，還是快點離開吧。」

接著男子轉身準備離開。

「你，打算做什麼？」

蒂難得說話。

我完全不知道觸動蒂開口說話的契機是什麼，有誰知道的話請告訴我。

男子再度回頭，對蒂露出皮笑肉不笑的笑容。

「因為這裡是我的國家，我不會逃走的喲，綠眼睛的小妹妹。但是，我也不打算眼睜睜看它被人蹂躪。」

「這麼說，你有什麼打算嗎？」

西茲少爺問道。男子朝西茲少爺走了幾步，只留極短的距離，再小聲地說：

「當他國軍隊橫行霸道地侵入我國，我會展現自尊給他們看的。」

「你有什麼對策？」

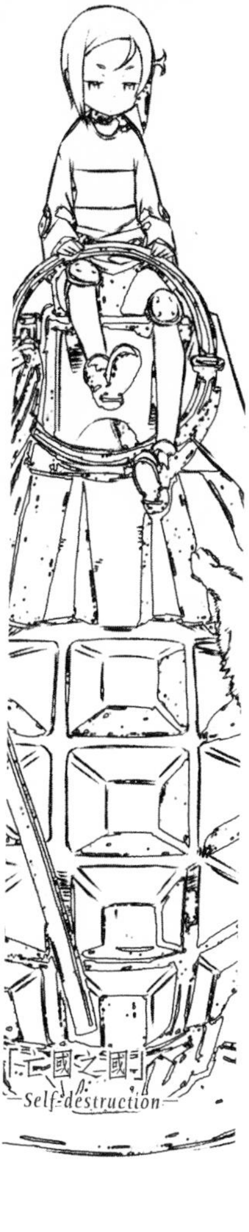

「啊啊。別看我這個樣子，我也是管理上下水道的公司社長喲。所以，我已經設好了陷阱。」

「陷阱、是嗎？那是——讓全國的自來水無法使用之類嗎？」

西茲少爺如此猜想，但得到的是更為偏激的回答。

「你太天真了。那只要經過修理就沒事了，會感到困擾也只有短暫的時間。」

男子臉上浮現出詭異的笑容，接著他回答西茲少爺的問題。

「我啊，在國內的下水道裝了炸彈。是裝滿工業用炸藥的汽油桶，只不過我騙大家那是控制流水的新裝置。剛剛我去巡視過了，沒有任何問題，也能準確運作呢。」

「……然後呢？」

「只要我按下持有的開關，就會在國內的地底下爆炸。結果會怎麼樣，想必旅行者應該很清楚吧？」

「爆發力會整個穿透上面。」

西茲少爺不加思索地說出正確答案，我覺得他又教了蒂不必要的知識。

「沒錯，屆時這個國家會被炸翻，變得毫無用處。」

「但那也會造成許多人死亡吧？」

「包括我在內。不過，與其看到這國家悲慘的下場，我寧願選擇清高地自我了斷。能夠解除炸彈的只有我，我有想過可能會被人發現並阻止這件事，但我跟那位指導者一樣，應該任誰也阻止不了，我們都是同類型的人喲——我的話講完了，祝你們旅途愉快。」

西茲少爺聽從那男子的話與蒂一起坐上越野車，然後我也是。

當我們超越往前走的男子，西茲少爺說：

「祝你幸運！」

男子沒有回答，只是靜靜地揮手。

越野車通過破壞進度比正對面還要快的城牆後，安全地出境了。這整件事讓人覺得很諷刺。

「那個男的，無法離開那個國家啊……」

西茲少爺語氣悲傷地說道。

流浪者一旦找到第二個家，對那兒的熱愛程度會變得非比尋常，這也是常有的事。

西茲少爺就是找不到讓他有那種熱情的棲身之地，才會四處旅行到現在。

我也不知道他是以什麼樣的眼光，看待那個留在眼看就要沉沒的船上的男人。

但依舊抱著我還把下巴抵在我頭上的蒂——

「能夠靠炸彈解決的事情，就應該用炸彈解決呢。」

突然講了這麼一長串的話，她那種想法相當奇怪。

「……………」

一面在森林裡開越野車的西茲少爺則是沒有說話。

我們遇見那一團商人，是在那天的午後。

當我們走了好一段路，來到已經看不見森林，放眼望去只有草原的世界時，看到了從對向過來的卡車車隊。

是兩輛中型卡車，載貨台上載滿了衣服跟布料，以及用布綑捲起來後再以繩索綁住的貨物。

西茲少爺的越野車擅長行駛這種荒野地形，因此他方向盤一切，把車子開到路旁。當行駛在草原的卡車開過來——

「嗨～旅行者，謝謝你讓路給我們！要不要一起喝個茶呢？」

坐在副駕駛座負責護衛的男子主動跟我們說話。

在路上往來的人們為了收集情報而互相交流，並不是什麼稀奇的事情。因此西茲少爺接受他們的邀請，把越野車停下來。

那些商人是六名男性組成的。

是二十幾歲到三十幾歲的壯年集團，他們戰戰兢兢握著說服者不離手。既然他們載了能夠賣錢的物品，被人鎖定、襲擊的可能也是很常見。危險度非旅行者所能比。

男子們與西茲少爺互相把車子停下來，並開始喝起自己泡的茶。

若是喝別人泡的茶，很有可能被下毒。若遇到互相一一確認又很麻煩的情況，雖說是茶會，也大多以這種方式舉辦。

男子們說他們是從相當遙遠的國家來的。然後，詢問西茲少爺剛離開的那個國家的事情，還說要去那裡賣衣服。

西茲少爺在不讓對方看出來的情況下稍微思考一下，然後做了決定。

「關於那個國家——或許你們現在別去的好呢。因為會有生命危險喲。」

男子們臉色大變，這也難怪。

然後西茲少爺把自己的所見所聞全說了出來，還有那個男人的事情，但並沒有提及他的身分及長相。

還把那個國家因為隨時被佔領都不足為奇的關係，地底下到處都裝置炸彈的事情都告訴他們。

「那個……天哪……」

雖然男子們很訝異，但不久表情嚴肅地說：

「可是，我們都已經來到這裡，這時候若折返就會虧錢呢。屆時我們會找理由在城牆旁邊做買賣喲。」

他們明白表示要前往那個國家。

「那麼……請你們務必小心。」

西茲少爺說道。

與商人們分開後，我們繼續踏上旅程。

此時太陽漸漸往西斜，再多不久就是尋找今天露營地點的時間。因為是草原，在哪兒露營都沒問題。

在駕駛座的西茲少爺說：

「那些商人……可能是那個國家的偵察隊呢。他們應該是去確認城牆是否已經拆掉了。」

雖然無法斷定，但也相當確定他們就是了。畢竟很少有商人聽了那些事情還會堅持前往。

我覺得那非問清楚不可，於是問西茲少爺。

「這樣的話，當他們知道有裝置炸彈這件事，會不會改變想法呢？」

「不曉得耶。為了讓他們稍微考慮一下，所以我把事情全說出來，但如果那男的被殺的話就沒用了。」

我跟西茲少爺，都不知道哪一種結果比較好。

也就是那個男人被殺，而那個國家則被他國所控制，許多居民在高壓統治下生活的結果比較好呢？

還是那個男人獨自反擊，國家雖然沒被侵略，但大多數的人卻死於爆炸這種結果比較好？

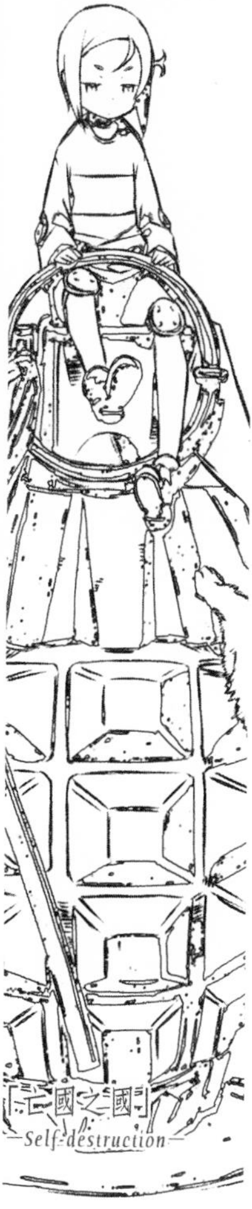

當西茲少爺與我陷入沉默，原本沉默的蒂卻說：

「到底有幾分真？」

「嗯？這話是什麼意思，蒂？」

「那個男人，真的準備了炸彈嗎？或者，只是希望我們宣傳而說謊呢？」

「…………」「…………」

西茲少爺跟我都沉默了。

聽到蒂的話，就像她那樣沉默沒說話。

越野車在道路靜靜地跑了好一陣子，一路上只聽見輪胎踢著大地的聲音，以及在車體後方低鳴的引擎聲。

「那個男的說謊」——我們完全沒想到那個可能性。

的確，我們沒有任何證據證實那男的說的話是否真實。他說的那個設置在下水道的炸彈，我們也沒有親眼看到。

西茲少爺跟我，只是從城牆的狀況就隨隨便便相信那男人的話。

西茲少爺說：

「如果……那男人說的話是『故弄玄虛』……那個男人一定會對旅行者那麼說，還說旅行者是間諜。就算沒那麼做，而他早就料到旅行者會像我這樣在國外洩漏情報的話……」

我則接著他的話繼續說：

「我們全都上了那男人的當，也參與了防衛那個國家的行動。」

西茲少爺一面點頭一面說：

「是啊……但事實到底是怎樣，也無法追究了……」

畢竟現在也不可能回去那個國家，若旅行到遠一點的地方，應該就不會聽到有關那個國家的傳聞吧。

西茲少爺跟我的心境變得好複雜。

在我們忘記那個國家以前，應該會再想起那個心情吧。

目前在越野車上的生物之中，心情最爽快的，應該只有蒂一個人呢。她用應該是開心又有點興奮的語氣說：

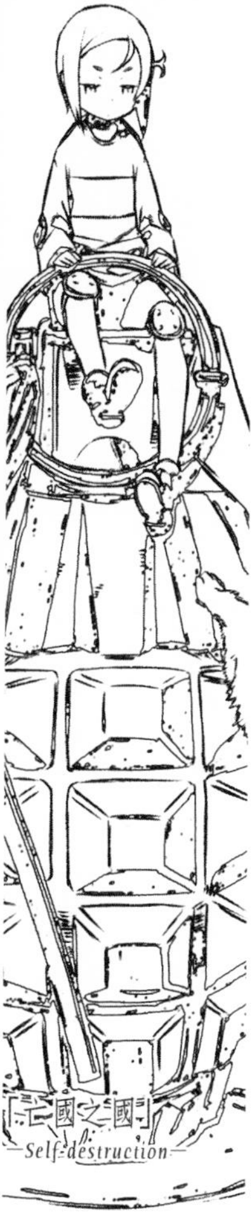

「這世上有許多用炸彈也無法解決，或者不用炸彈也能夠解決的事情。」

看來，她似乎學到了什麼呢。

「…………」

越野車載著不發一語的駕駛，繼續奔馳在草原的道路上。

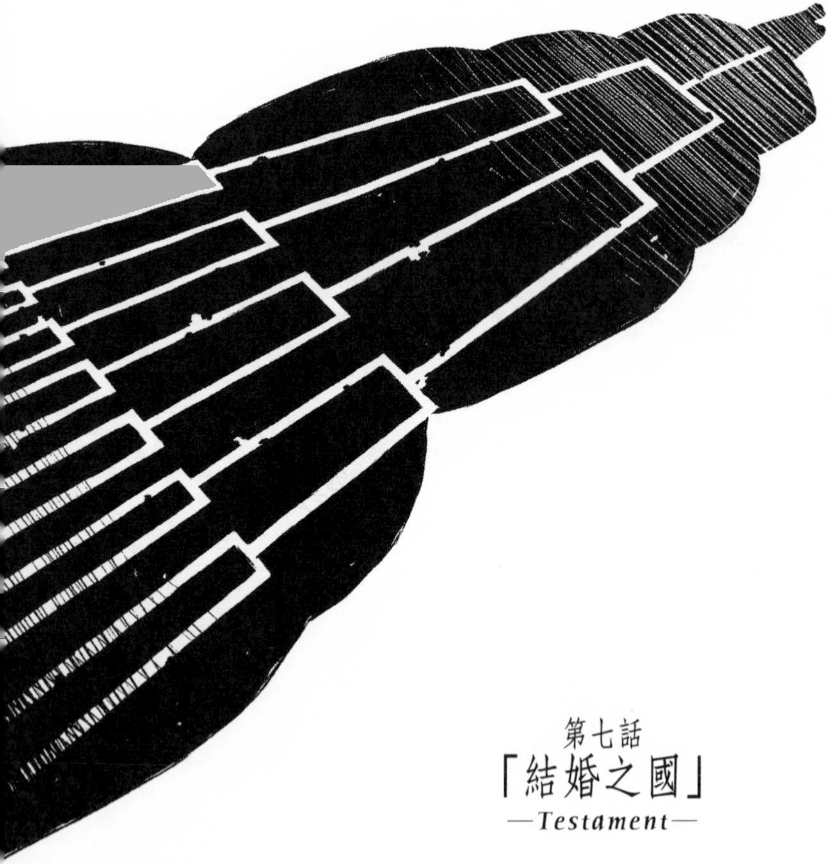

第七話

# 「結婚之國」

—*Testament*—

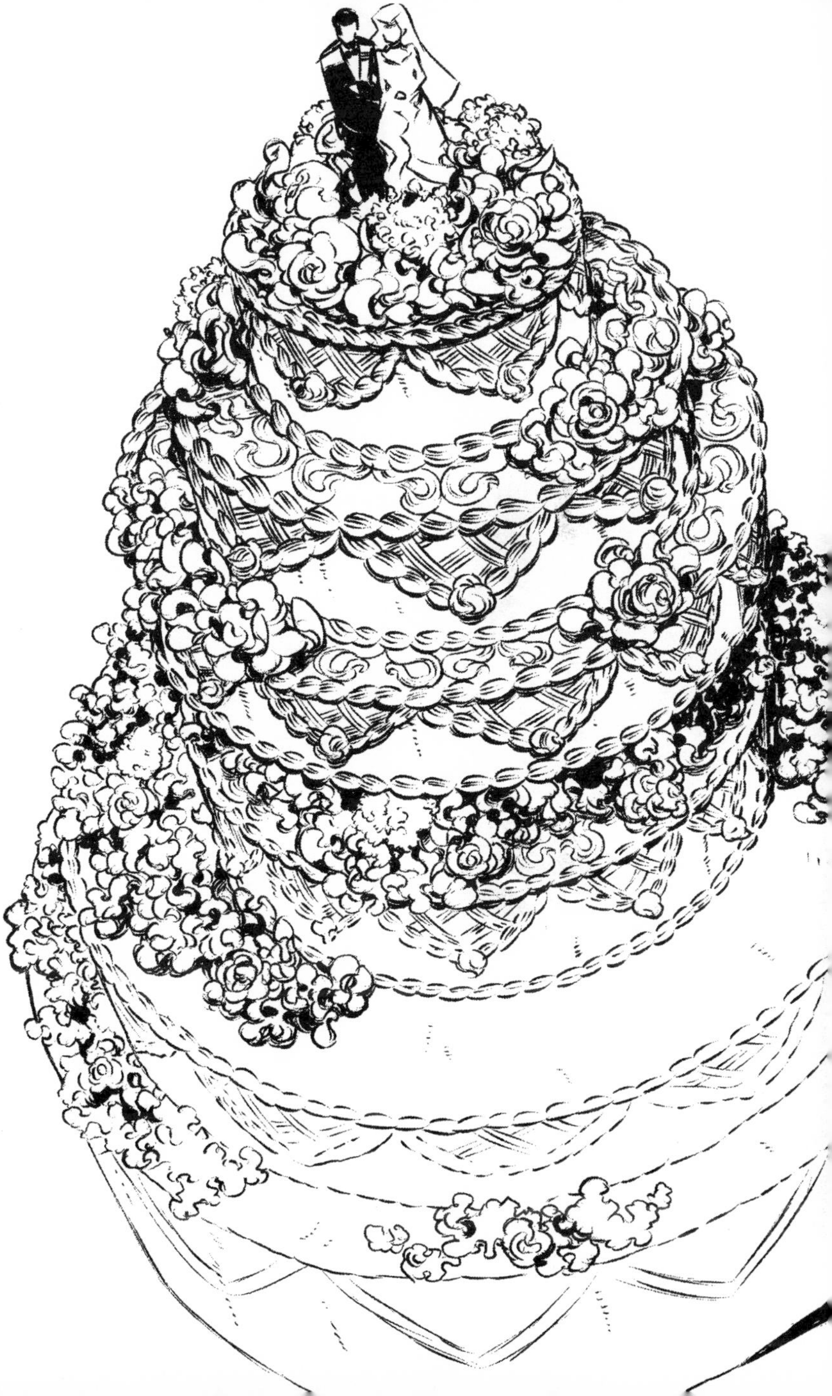

# 第七話「結婚之國」

## — Testament —

奇諾用說服者瞄準在距離僅有短短二公尺前探出頭的男子，並且毫不猶豫地扣下扳機。男子還沒有察覺到奇諾的存在。

伴隨著瓦斯「啪咻」噴出的低沉聲音，直徑六毫米的塑膠彈跟著飛射而出，說服者的滑套也來回滑動。

圓形子彈在那極短的距離瞬間移動，命中男子戴在眼睛上的防風眼鏡，並且在那上面反彈。

「哇！」

直到被擊中才察覺到奇諾的男子，一面大叫一面抖動著上半身。他連忙把臉跟手上的說服者轉向奇諾那邊，但是——

「命中！確認中彈！」

同時間，一個響亮的聲音透過廣播傳出來。

「知道了……」

被擊中的男子握著說服者把兩手舉高，然後從所在的位置離開。

奇諾置身在一棟大型建築物裡。

那是長約五十公尺，寬有三十公尺的長方形室內。

裡面沒有任何窗戶，所有牆壁是暗銀色的，完全分辨不出是金屬製或玻璃製的。而且到處都有上面標示了「出入口·緊急出口」的門。

高約五公尺的天花板是純白的顏色，而且有圓形燈具以等距離的方式嵌在上面，把室內照得像白晝那麼亮。

整片地板則覆蓋了硬質橡膠，以防走路的時候發出腳步聲。

那個空間，沒有任何家具。

取而代之的是許多擋牆——也就是大約三公尺寬的塑膠牆，或者四處散放著包裹了緩衝素材的汽油桶。

然後奇諾，就位於那其中一面牆的前方。
她白色襯衫與黑色背心的裝扮跟往常一樣沒變，但卻繫上尼龍製的腰帶，取代平常繫的皮帶跟槍套，上面還另外附了兩個腰包。裡面裝著她手上那把說服者的彈匣。
她頭上戴著最愛的帽子，眼睛則戴著防護眼鏡，跟平常騎漢密斯時所戴的那一副並不一樣。臉上則包裹厚布當做保護。
至於手上的說服者，既不是「卡農」也不是「森之人」，是利用低壓瓦斯讓塑膠彈以低速擊出的非致命性武器。
男子被擊中沒多久——
「槍托好大哦……」
奇諾一面用右手重新握穩前後兩端都很長的說服者槍托，一面小聲碎碎唸。
接著用左手扶著那個槍托，一面讓自己的視線與瞄準的目標同步移動，一面慢慢往前走。
對於戰鬥的奇諾——
「又幹掉一個了耶！已經擺平八個人呢！」
「那個旅行者好厲害哦～」

「她真有兩把刷子……那動作實在與眾不同！」

「應該說她很有膽識吧？她都會選在正確的時機，確實縮短雙方的距離。」

「照這情況來看，最高紀錄有可能會被刷新哦！」

「可是，就算那樣又如何……？她是旅行者耶？」

大約三十名的男性透過畫面觀看，並紛紛說出感想。

他們全都穿著方便行動的運動服，膝蓋與手肘都套著厚厚的護具。除了裡面有一名是中年男子，其餘的都是二十多歲的年輕人。

那兒是有如祕密基地般的一個房間。

寬敞的室內擺了好幾排的沙發，為了讓坐在裡面的人都能夠清楚看見，因此整面牆裝設了十個大型螢幕，以及兩個更大的超巨型螢幕。

其中一個超巨型螢幕上，映出奇諾的身影。是從斜上方的角度拍攝，連她眨眼的動作都能清楚辨識的極鮮明影像。

現在奇諾手裡拿著說服者從一面牆迅速移動到另一面牆，而且在較低的位置探出頭窺伺前方。十個大型螢幕以各式各樣的角度，顯示出奇諾所在的室內影像。

然後現在，設置在牆上的某道門打開，又一名男子手持著跟奇諾同款的說服者進入室內。

同時另一個超巨型螢幕開始顯示他的特寫鏡頭。男子臉上戴著防護眼鏡，在那眼鏡下方還有一層塑膠製防護面具。因此看不出他的表情。

「好了～來看看這次的傢伙能拿到幾分呢？」

此時停放在沙發間空出來的輪椅用空間的漢密斯，回答某位坐在沙發上的觀眾所說的這句話：

「誰曉得呢～只希望奇諾不會對這場遊戲感到厭倦。」

漢密斯上面的行李全被卸下來，然後以主腳架撐住。

「可惡！被幹掉了！那傢伙真厲害呢！」

此時傳來夾雜著半不甘心與半佩服的言詞。

說這句話的，是被奇諾打中後走進這房間的男子。他也是一身運動服的打扮，然後摘下臉上的防護眼鏡，手上連說服者都沒拿。

此時四周的男子們——

「是你動作太遲鈍喲！」

「你不夠果斷啦！」

「誰叫你那麼沒膽！」

對那名男子投以無情的批評。

「你們自己還不是中槍了——！」

男子也不甘示弱地回嗆。結果某人發出勸告說，「別那麼多廢話，仔細看吧」。

畫面裡的奇諾與男對手慢慢縮短距離，全體男性的目光全鎖定那裡。

根據從正上方捕捉到的大範圍影像，能清楚了解兩人所在的位置。奇諾就在房間的中央附近，而男對手是在一道細長形的牆壁附近。

男子跟奇諾邊躲在擋牆後面，邊確認敵人是否在視野範圍內或行進路線的前方，然後一口氣迅速行動。

雙方的距離一點一滴地拉近，但最先察覺到對方的是男子。

奇諾大略動一下的時候，只稍微露出她躲進牆壁前的後腳，於是男子把槍口對準那邊。但是又

馬上看不見她的人影，加上還有十公尺左右的距離，因此男子錯失開槍的機會又躲起來。

「喔！旅行者先被發現到了哦！」

「這一次，是否能打倒她呢？」

「上啊！幹掉她！」

「讓她見識見識這國家的『男人』怎麼樣！」

那些男子的情緒開始激動，其中還夾雜了已經被奇諾打中的八個人。

而畫面中的男子，已經展開行動準備繞到奇諾的後面。

奇諾目前應該是在正前方，因此他往右邊繞了大大一圈。加上他早就預測到對方的位置，因此他的動作毫不猶豫也非常快速。

另一方面，奇諾從剛才就一直保持高度警戒，穩健地慢慢前進。

男子繼續行動，此時終於看到奇諾進入自己的視野範圍。他距離站在擋牆前方的奇諾背後，還有十五公尺左右。

男子保持瞄準目標的狀態，一面做出隨時能夠開槍的架勢一面閃躲礙事的擋牆，然後慢慢地接近。

「好耶！上啊！」

「有可能贏嗎？」

「繼續保持那樣！」

面對那群情緒沸騰的男子——

「都已經看到了，大可以快點開槍射擊啊。」

漢密斯喃喃說道。此時其中一名男子說：

「那不是使用火藥的說服者，因此必定命中的距離是十公尺以內，可以的話，他希望在五公尺左右一槍決勝負喲。剛剛旅行者不也是那麼做嗎？」

「那我當然懂啦，可是——」

當漢密斯發言的時候，男子也慢慢走近。

「過於接近也是個難題呢～」

「怎麼說？」

「因為奇諾，經常做讓對方接近的練習呢——」

「結婚之國」
—Testament—

距離剩下七公尺，男子做出決定。他從擋牆探出身子，踢著橡膠地板往前跑。他一口氣拉近距離，然後扣下扳機猛烈連續開槍。

擊出的子彈往奇諾的肩膀與頭部所在之處飛去，然後通過那些位置。

奇諾察覺到男子走出來的那一瞬間，當男子開槍的時候她立刻扭轉身體閃躲。她一面回頭看一面讓身體往左邊倒下，使左肩於橡膠地板直接著地。

當沒有停下腳步的對手還來不及往下瞄準，奇諾已經先他一步開槍。只開一槍而已。

男子擊出的子彈全都沒中，而奇諾擊出的子彈，打中了男子的手。

此時漢密斯對目瞪口呆的男子們說：

「看吧～迅速逃跑的話，反而會讓一切變得更順利喲。」

結果，就在奇諾擊倒第十二個人的時候——

「不好意思，可以停止比賽了嗎？否則就算我故意被擊中，也覺得對你們很失禮。」

而比賽就在她那麼說以後結束了。

「表現得太棒了喲！奇諾！」
那場所唯一的中年男子，開心地對奇諾那麼說。
那個地方是飯店的餐廳。寬敞的空間擺放了許多餐桌，但現在沒有半個客人。仍然穿著運動服的男子、奇諾以及漢密斯都在桌邊，服務生則站在稍微遠一點的地方。
窗外的天空陰沉沉的，還下起雨來。
「那個……謝謝誇獎。」
穿著襯衫的奇諾答道，並喝著自己的茶。而插著「卡農」與「森之人」的皮帶與槍套，則是放在漢密斯的載貨架上。
「這一集的內容是奇諾大活躍之卷。然後是，奇諾毫不客氣接受請客之卷。『好了，從白天起毫不客氣地吃吧！儘管把料理送上來吧！』。」
漢密斯開玩笑地說道。
「好痛！」

結果輪胎被奇諾踢了一腳。

「料理馬上送過來，不要客氣盡量吃吧。對了，那場『格鬥比賽』妳覺得如何呢？若能夠聽到妳的肺腑之言，將是我們最大的榮幸呢。」

對於男子的提問，奇諾則回答：

「這個嘛……若當成互相射擊的訓練就很有趣。這兒的豪華訓練設施讓我非常訝異，連說服者都製造得非常棒。而且威力那麼弱的話，打到也不會太痛呢。」

「嗯嗯，還有呢？我國那些年輕人的動作怎麼樣？」

「對喔……」

漢密斯從下方對支支吾吾的奇諾說：

「就老實說吧，奇諾，算是答謝人家請妳吃午餐喲。」

「這個嘛……應該說有點『拚過頭』吧。」

男子表情開心地回應「是嗎～」，奇諾則繼續說：

「他們對於對手——也就是我，只一心想著『打倒、打倒』。行動積極固然很好，但那樣就會出現許多不必要的動作，最後就會變得焦慮。至於我的話，是抱持如果被打中或許就是死掉的想法，因此也會做一旦逮到機會就逃跑的考慮。反正就不勉強得到勝利，也正因為我是抱持那種心態，才很容易看出對手的行動。」

「原來如此……哎呀呀～果然比不上有實戰經驗的人呢～我們會參考妳的意見的。」

男子那麼說，還佩服地不斷點頭。

此時料理送上桌了。

那些是把雞肉炸過以後再跟洋蔥、胡蘿蔔炒過，然後淋上酸甜醬的料理，還有水煮蔬菜沙拉、剛出爐的圓麵包以及鮮榨的柳橙汁。

奇諾道了聲謝以後就不客氣地吃了起來。

吃完以後，男子跟奇諾一起喝茶。

然後奇諾邊喝茶邊問：

「那麼，我有個要緊的問題……那場格鬥比賽是做什麼用啊？」

「對對對，那得問清楚呢！」

漢密斯也拉高聲調說道。

茶杯碰到嘴唇的男子，稍微動了一下眉毛，然後放下茶杯。

「呃——之前我跟妳說到哪裡呢？」

「『這國家十八歲以上，三十歲以下的未婚男性，全都會參加那場格鬥比賽』——昨晚我聽到這邊。」

「對喔對喔。結果，我覺得與其用言語解釋那是什麼比賽，倒不如讓奇諾親身體驗會比較快，所以從早上就請妳參與對吧？」

奇諾點了點頭。

「是的。只不過，我還是不太明白大家藉由那場比賽想做什麼？倒覺得好像要藉由比賽的能力測試什麼事情……」

「哎呀，妳連那個都察覺到了，不愧是奇諾呢……」

男子佩服地說道。

然後——

「其實那個，是結婚活動喲。」

「什麼？」

「那句話是什麼意思？」

奇諾感到不解，漢密斯也發出聲音詢問。

「『結婚活動』——我們把它簡稱為『婚活』，也就是找尋結婚對象的活動。」

「呃——哪個部分是找尋結婚對象的活動啊？」

漢密斯立刻詢問，奇諾也跟著問：

「你是指，那個比賽嗎？——那哪是結婚活動啊？」

「在向妳解釋以前，我得先提一下關於我國的事情——我們其實是個和平又悠閒的國家。稅金雖然高，卻也因此擁有完善的社會保障，大家生活安定，並沒有什麼貧富差距的狀況。」

「看起來的確是那樣呢～」

「我一入境就感受得到。」

奇諾與漢密斯分別說道。

「只要男性與女性認真工作，生活就能夠得到保障。只不過，為了延續這個國家的命脈，大家

一定要結婚生子才行。」

「的確沒錯呢。」

「嗯！嗯！」

「那麼，又該怎麼找尋適合的結婚對象呢？所謂有魅力的結婚對象，又是什麼樣的人呢？在其他國家，又是什麼樣的情況呢？女性要求結婚對象的第一優先能力，是什麼呢？」

男子提了好幾個問題，奇諾稍微思考之後回答：

「像是『經濟能力』之類。」

「妳也那麼認為吧？大部分的國家，都是注重那個條件。若是一般國家，具有足夠的經濟能力，不必為生活或撫養孩子等事情煩惱的人是很容易結婚喲。但是，現在這個國家大部分的年輕男性，經濟能力全都平等並沒有任何差距。」

「那簡直是無意義之爭嘛！」

漢密斯開心地說道。

「啊？」

男子不解地歪著頭。

「對不起，有時候請不要理會漢密斯說的話。」

「結婚之國」
—*Testament*—

倒是奇諾講的話很毒，並且繼續不理會漢密斯。

「也就是說……一旦男性藉著格鬥比賽變強，那麼這個國家的女性就會覺得對方很有魅力，並把他當成結婚對象是嗎？」

「是的，一點也沒錯。格鬥比賽不僅全程錄影，連過去有多少人被幹掉都有做重點式的記錄。而那些都會讓所有參賽者心儀的女性看，像是在聯誼的場合。」

「什麼是『聯誼』？」

「那是男女聯誼——簡單說的話，就是適婚期的男女找尋對象的喝酒聚會。」

「反正奇諾又不會受邀，對她來說是沒有必要的知識——好痛！」

奇諾朝漢密斯的輪胎踢一腳。

「然後女性就會愛上擅長格鬥比賽的男性，不久兩人將開始戀愛，甚至於步上紅毯。這中間的過程很快喲。畢竟在這個國家，男性在三十歲以前，女性在二十五歲以前還沒有結婚的話——」

「沒結婚的話？」「沒結婚的話？」

「對男女來說是有點……不，是相當悲哀的事情。你們想詳細了解過了那個年齡的未婚者，在這個國家會有什麼樣的下場嗎？」

男子反問他們，而他的左手無名指上還套了個閃閃發亮的戒指呢。

「不想。」

奇諾搖搖頭。只是後來漢密斯拚命央求說他想知道，但奇諾就是充耳不聞。

男子則是繼續說明。

「因此，大家才拚命尋找配偶……格鬥比賽成績若不佳，根本就不會得到女性的青睞。即便是長得非常帥，一旦比賽成績排名在是最後面就慘了。所以男性從十八歲就開始參加比賽，而且拚命利用閒暇時刻鍛鍊自己，為的是要比對手更強。」

「所以，昨天也那麼拚啊。比賽結束後，還拚命問我問題呢。」

「那也難怪，如果奇諾是男的，可就大事不妙了呢。其中也有人沒發現──好痛！」

踢了漢密斯一腳後，奇諾詢問那名中年男子。

「比賽的事情我了解了，但女性的想法我就不懂了。究竟是什麼理由讓她們相信，只要在格鬥比賽有好成績就能成為好丈夫呢？」

「這個問題問得非常好──答案是『因為大家都那麼認為』。」

「什麼？」「咦？」

「這國家都是那麼教育女性的，也就是『擅長格鬥比賽的男性，是會成為好丈夫的完美男性』。那還是從小學高年級，開始上性教育課程的時候開始灌輸的。在國中、高中、大學以及女性雜誌，模特兒選擇的戀愛對象都是擅長格鬥比賽的男性。就連電視劇的主角，也全都是格鬥比賽的高手。如此一來，就會在社會上帶動風潮，也徹底教育了女性。而確實那麼擇偶的女性，也會向親朋好友大肆炫耀，所以這股風潮就會一直維持下去。」

「也就是說……」

漢密斯非常歡欣鼓舞地替奇諾辯解。

「那個格鬥比賽的能力與才華！在結婚後完全派不上用場對吧！」

男子毫不猶豫地點頭。

「是的，一點也沒錯。話說回來，大多數婚後的男性也不再投入格鬥比賽。更何況，我們國內並不需要這種室內的說服者互擊技術吧？而結婚也幾乎不會要求什麼敏捷性與射擊的本領。」

「沒錯……」

「的確是呢。」

奇諾與漢密斯表示同意。這時候，奇諾問了一個關鍵的問題：

「那麼……為什麼會選它呢？」

「不曉得耶？」

男子歪著頭回答。

「…………」

「這種做法是在五十年前左右興起的，但為什麼挑格鬥比賽，原因倒是沒人知道。可能是國內的偉人決定的吧。在那之前，快速記憶撲克牌的人很受歡迎；在更早之前，是能夠快速切小黃瓜又盡量切細的人；在更早更早之前，是能夠快速倒退走的人。」

「…………」

「奇諾，幸好妳不是那時候來呢——大叔，未來會不會出現擅長騎摩托車的人這種風潮啊？」

「這就不知道了，不過，就算出現也不足為奇呢～」

「那麼那麼，像是超愛漫畫又很會記故事人物的名字，或是很會畫畫的風潮呢！」

「當然，那種風潮也是有可能出現呢。」

「還真的是什麼都能引發風潮呢……」

奇諾說道。

「沒錯。主要是得到全體國民的同意……只要大家的意見一致就沒問題。對全國而言，『這種人能成為理想丈夫！』的理念是必要的。」

「如果就這麼結婚，接下來那兩個人會怎麼樣呢？」

「如果兩人合得來，婚姻生活就會很平順。若是合不來，當然就沒那麼好過了。畢竟這世上有人過得幸福，也會有人過得不幸福呢。」

「也就是說，那跟格鬥比賽的才能完全扯不上關係對吧？」

「沒錯，主要是雙方的感覺跟努力的問題。而且這個，已經不是國家能幫上忙的問題。有關婚後的幸福，永遠在最後——」

男子直視著奇諾並斬釘截鐵地說：

「必須接受考驗的，是『夫婦的力量』喲。」

「結婚之國」

—Testament—

# 第八話
# 「寄生蟲之國」
## —Cure—

# 第八話「寄生蟲之國」

—Cure—

夏季的山岳地帶有一條道路。

這裡是高海拔的世界。那些山澗還留有殘雪的險峻山峰，正俯瞰著冒出些許綠草的寬闊山谷。草叢間點綴的淡紅色花朵，在風的吹拂下微微搖擺。

天空是淡淡的藍色，澄淨地連一朵雲都看不見。幾隻嬌小的猛禽則一面啼叫，一面彷彿把弦月包圍起來般劃出圓形。而疑似松鼠的小動物，為了不被那些猛禽發現，只敢在一塊接著一塊的岩石後面奔跑。

這裡有一條寬敞的道路，沿著充沛又清澈、滾滾而流的河川延伸。這條泥土堅硬的道路，在草地上劃出一道棕色的線。

此時一輛摩托車正行駛在那條路上，而其後輪兩側的箱子上面堆放了旅行用品。

騎士是一個年輕人，大約十五、六歲，黑髮上戴了附有帽簷跟耳罩的帽子，臉上還戴了到處斑駁的銀框防風眼鏡。

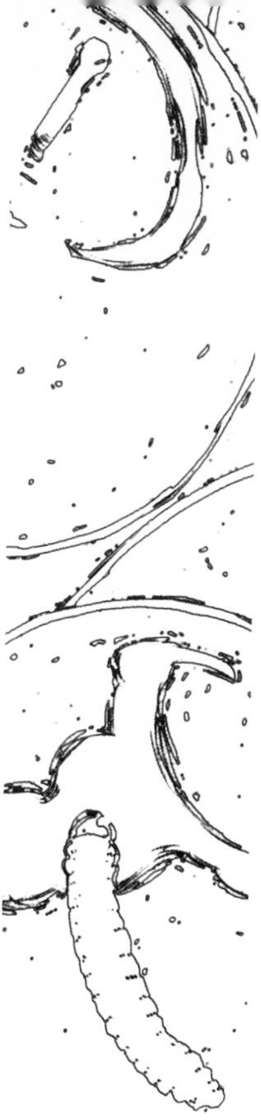



雖然時值盛夏，但空氣冷冽。騎士身穿黑色夾克，腰部繫了一條寬皮帶，右腿位置有一把插在槍套裡的掌中說服者，腰後還有另一把自動式的。

騎士以絕不太快的速度，也不讓自己太疲勞的情況下，靜靜地騎著摩托車。

騎士一面帶著直接可生飲的乾淨雪融水往前進——

「在這種容易取得乾淨水源的場所——」

一面隔了好久才開口說話。

「『在這種場所』怎樣，奇諾？」

摩托車緊咬不放地追問，叫做奇諾的騎士則繼續說：

「總之，很難取得當做燃料的木柴。」

「原來如此。」

摩托車說道。因為目前所在的場所海拔太高，四周並沒有長什麼高大的樹木。

「反倒是資源豐富的森林，水比較容易混濁。那邊ＯＫ的話，這邊反而不ＯＫ呢，漢密斯。」

「也就是捉牛餵鳥呢。」

奇諾苦思了一會兒，然後說：

「……你是說『左右為難』？」

「對，就是那個！」

說完那句話以後，叫做漢密斯的摩托車沉默了一下。然後又說：

「可是，應該也有兩者皆可成立的場所吧？」

「偶爾啦——像這處山岳地帶若沿著河川往下走，不久應該會到森林界限以下，若這條河川的水到那裡都還很乾淨，那就是非常值得慶幸的事情。旅行者會非常開心呢。」

「只是說，若有狐狸的話就不行吧？」

「嗯，犬包囊條蟲很可怕呢。」

「那是什麼？」

「那主要是狐狸才會有的一種寄生蟲，根據師父的說法，是從蟲卵進入體內至發病為止，大約是十年的時間。」

「那還真漫長呢，跟被寄生的宿主比起來，寄生蟲搞不好反而忘了時間呢？」

「人家記憶力很好的，應該啦。最起碼比把我昨晚說的話忘記的漢密斯還要好呢。」

「昨晚，妳有說過什麼嗎？」

「我說『要早點起床哦』。」

「那我是不會忘記喲，只是不確定自己做不做到而已。」

「原來如此……那這次就試著讓漢密斯整晚都不要睡吧。讓露水一直滴在你的油箱上如何？」

「摩托車的睡眠不足，是引擎潤滑的大敵喲。我勸妳最好別那麼做啦。」

「對旅行者跟釣客來說，錯失早上的時間是很痛苦的事情喲。」

「可是奇諾妳不是很不會釣魚？」

正當奇諾與漢密斯一面聊著非常不著邊際的對話，一面沿著大彎度的山谷行駛時，他們的目的地從旁邊滑進了視野範圍。

「發現城牆了！」

「發現國家！」

漢密斯與奇諾開心地大叫。

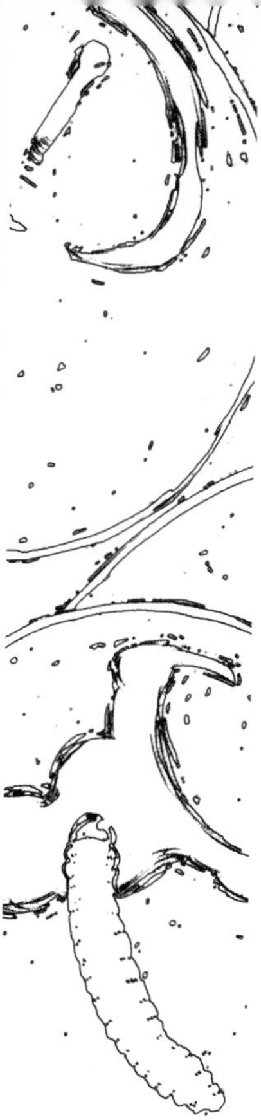

「寄生蟲之國」
—Cure—

過了彎的前方，是龐大的城牆。

用灰色石頭堆砌而成的城牆，像水壩那樣地遮住山谷。河川是從鑿開的洞穴吸進那國家裡，其旁邊的道路則一路通往城門。

「聽說那個國家啊，是一個所有國民在去世以前都不會生任何病的國家。之前遇到的商人跟旅行者都跟我說過那件事。」

「咦？如果是真的，那很酷耶！到底是什麼樣的醫療技術呢？還是魔法呢？」

「所以，我們去確認看看囉！」

奇諾與漢密斯慢慢接近城門。

偌大的城門緊緊關閉著，旁邊則站著手持大刀當武器的衛兵。

奇諾申請入境三天，許可很輕易就下來了。沉重的城門慢慢往左右兩邊開啟，奇諾便推著漢密斯通過。

這國家位於山谷裡，城牆就建在左右兩側的斜坡上並順著山谷延伸。大地放眼望去都是農田，帶狀的綠意順著坡道蜿蜒而下。

那簡直就像蛇一般細長的國土，從這兒完全看不到其盡頭。
奇諾看著借來的地圖。
根據上面所示，河川從這國家中央流過並當做脊柱，緊接著是大片的農地。其盡頭也就是這國家的另一頭，則有一座大湖。
那似乎是在相當寬闊的山谷利用正對面的城牆堵住的水壩湖。而城鎮就圍繞在那周邊。
「我們過去看看吧，只是好像會花很多時間。」
奇諾說道，並再次騎著漢密斯前進。
貫穿農田的道路變成了石板路。因為變得更方便行駛，所以奇諾加快速度。這時候，有一隻鳥從奇諾他們頭頂飛過呢。
由於正忙著農事的人們全開心地揮手，因此奇諾也向他們打招呼，邊揮左手邊往前進。
其實這群熟練工作的居民，全都穿著用自然纖維做成的服裝。農事現場完全看不到任何機器，只看到體型嬌小的馬匹正悠哉地拖著犁頭。

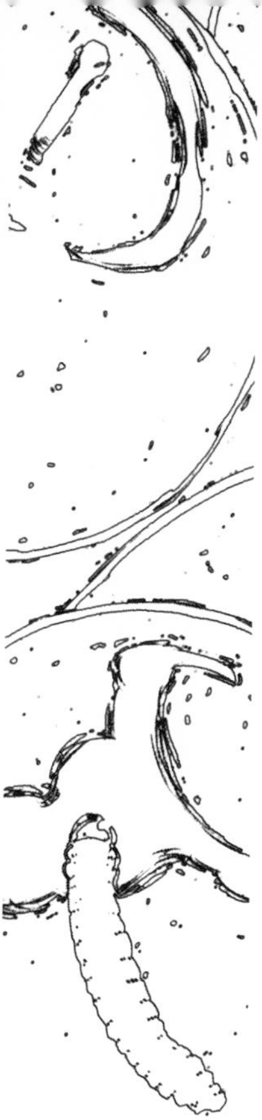

「嗯～看樣子應該是買不到零件跟燃料呢？」

漢密斯說道。奇諾則回答「早就料想到了」，然後——

「不過……既然這兒的醫療不是靠厲害的科學力量才發達，那他們健康的祕密是什麼呢？」

「會不會是什麼無法想像的厲害藥草呢？奇諾若喝下那個，鐵定一輩子都很健康呢！」

「若真有那種東西，我倒想試試看呢。可是……搞不好要持續吃呢。」

「而且，那一定非～常昂貴喲。」

「若是那樣，就無法解釋全體居民為什麼健康的原因了。」

「經妳這麼一說也對，那還真是個謎呢。」

奇諾與漢密斯繼續沿著山谷行進，景色從農田轉換成到處可見駱駝科長頸動物的牧草地，不久又變成灌木森林。

那是為了當柴火而種植的灌木，居民們都是汲取河水灌溉的。其他居民把砍下的灌木綑起來堆在馬背上，排成一列前進。他們跟奇諾一樣都是要下山谷。

不過他們卻笑咪咪地讓路給奇諾他們，讓他們得以更快往前行。經過好幾棟石造小屋，太陽也已經西斜的時候，終於看到大湖與緊鄰在旁的城鎮。

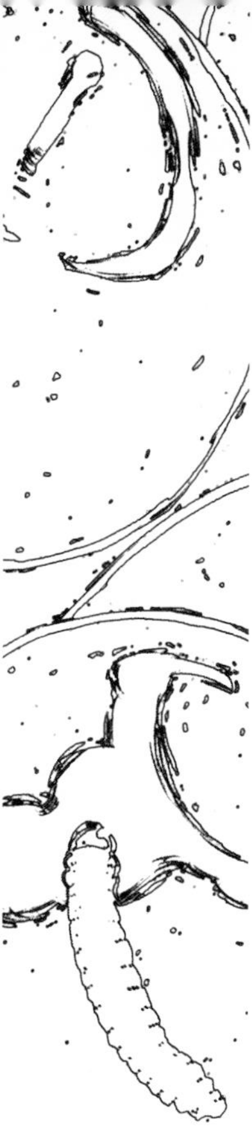



這個城鎮全都是用石頭建造起來的。

像是石板路，與石造房屋。再完美搭配同樣石造的平房，與街道形成幾何學的圖案。

從那兒開始延伸的湖泊，蕩漾著美麗的湖水，然後就消失在蜿蜒山谷的另一頭，而沿著兩邊的湖岸有通往城牆的道路。

奇諾與漢密斯進入城鎮。那兒有好幾百個居民，大家都開開心心地等待奇諾他們到來。

當奇諾一從漢密斯上面下來，一名年約五十歲的男子走上前來並向他們打招呼。

「歡迎光臨，旅行者與摩托車。我是這國家最年長的人，請讓我代表大家當你們的嚮導吧。」

「非常感謝。我叫奇諾，這位是我的伙伴漢密斯。」

奇諾一面向嚮導道謝，一面看了看這兒的居民。這些居民們都比眼前的嚮導年輕，裡面沒有半個老人。

漢密斯詢問居民們怎麼知道他們入境的消息。

「全多虧了他。」

男子指著一個小孩。而那小孩戴的厚質料帽子上，停了一隻鳥。

奇諾他們被帶到一間充當住宿場所的房子。

地點就位於城鎮郊區地勢稍高處，從那兒眺望的景色非常漂亮。馬賽克圖案的城鎮，以及像藍色鏡子般的湖泊都可一覽無遺。

這兒跟其他石造房屋一樣，是用厚布代替門。把門往左右一開，走進去馬上就是廚房兼客廳的空間。因為裡面很寬敞，連漢密斯都能夠進去，然後最裡面是寢室。

裡面的櫥櫃跟桌子等等家具，全都是石造的。連床鋪都是用石頭堆疊而成，再以厚厚的毛氈代替床墊。裡面有利用家畜毛製成的暖呼呼毛毯、油燈，還有水瓶。

居民說這個國家只有這種建築物，覺得很過意不去，奇諾則是很鄭重向他們道謝。

接著奇諾被招待享用晚餐。她與剛才的嚮導，以及自稱是現今國家指導者幾名大人物，一起在黃昏的天空下圍著桌子用餐。

建造在湖畔像寬廣公園般的場所，排列了用石頭造的低矮椅子跟桌子。石製的盤子排列在漂亮的紡織品上，接著送上利用石窯烤出來像麵包的食物跟蒸魚。眾人熟練地使用細木棒，把魚肉跟魚骨分開。魚骨回收後就馬上被磨成粉，聽說是要加在麵包裡。

奇諾邊吃飯邊聽他們說這國家的事情。

居民們的祖先原本是隨著季節移動的遊牧民族，卻從很久以前開始在這塊土地定居。

他們在短暫的夏季培育農作物與家畜，在非常嚴寒的冬季則是一面使用存糧一面待在家裡靜靜生活。這兒沒有貨幣制度，大家一起分擔工作，也一起分配成果。他們沒有改變長久以來的生活，也沒有必要改變，是悠閒又和平的國家。

當奇諾提到這個國家所有人到死以前都很健康的傳聞——

「沒錯，那是真的。這國家的居民在去世以前都不會生病。」

嚮導如此回答，奇諾問「可以詢問那個祕密嗎？」

「正好，明天就讓妳看看整個祕密是什麼。」

嚮導邊微笑邊回答。

隔天早上，奇諾隨著黎明醒來。

「寄生蟲之國」

—*Cure*—

氣溫極度低，跟平地的冬天沒什麼兩樣。穿著夾克的奇諾，一面吐著白煙一面到房子外面活動筋骨。

城鎮與湖泊籠罩著薄薄的朝霧。山谷像是覆蓋了一層薄絹，還有微風吹拂。

在這樣的環境中，已經有許多居民開始一天的生活。有的把動物群帶到牧草地，有的集合準備上山砍柴，湖泊那邊則在進行拖曳網的作業。

做完簡單的運動，奇諾準備要叫醒漢密斯。

「…………」

但她停住準備敲油箱的手，而是改用輕聲細語對他說：

「那麼，要不要去請他們告訴我們祕密呢……」

「要！」

漢密斯立刻回答，奇諾則嘟著臉說：

「要是你每次都這麼快醒來，就省去我不少麻煩呢。」

「別在意這些細節啦！這可是健康與長壽的祕訣喲！」

「傷腦筋……我們現在就要去請教真正的祕訣喲。」

奇諾跨上漢密斯，以沒有發動引擎的方式滑下山坡。

當他們來到城鎮的廣場，再度受到居民的迎接，而擔任嚮導的男子也馬上趕到。打完招呼之後，奇諾受邀吃早餐，也再度吃了魚類料理。跟晚餐比起來，早餐的分量反而比較豐富。

當太陽升起的時候，大家也吃完早餐。在圍了許多居民的餐桌旁，嚮導對奇諾他們說：

「那麼，我來告訴妳我們的健康祕訣吧！」

「好極了！就等你說這個呢！」

漢密斯大聲喝采，居民們也笑了起來。

然後，嚮導站起來，雙手朝藍天大大張開並開心地說：

「我們之所以到死都這麼健康，是因為我們在體內飼養了寄生蟲的關係！然後——我今天就會死了！」

「……」

「寄生蟲之國」

—Cure—

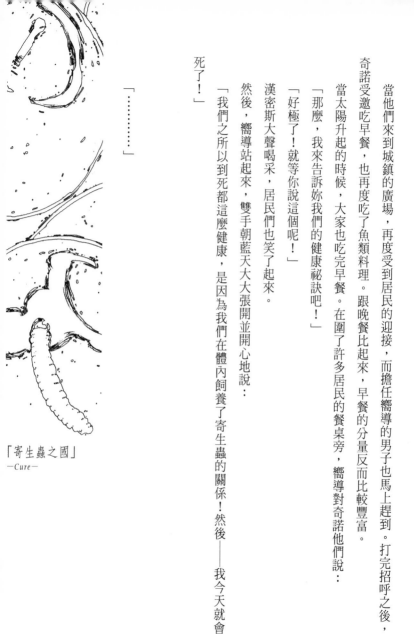

「什麼？」

奇諾說不出話，漢密斯則如此反問。

「那麼，我再從頭說明。」

嚮導「咚」地坐下來。

奇諾轉頭看那些居民，發現他們的表情跟剛剛一樣都沒變，也就是說，大家只是開心地看著那名嚮導。

「…………」

奇諾又把視線移回仍然露出開心笑容的嚮導身上。

「……那就麻煩你了。」

「好的。我們祖先之所以決定定居於此，有好幾個理由。像是水資源豐富、石頭很充裕、有適當栽種農作物的土地。然後最重要的，是因為他們發現了寄生蟲。」

「寄生蟲，是嗎……什麼樣的寄生蟲？」

「沒有人知道那寄生蟲長在我們體內哪個地方，或長什麼樣子。那些答案唯有解剖活人才能夠知道。」

「原來如此……」

奇諾表示了解，漢密斯則問：

「這麼說，要等牠們出來外面才知道囉！」

「是的。不過，關於那點我等一下再解釋——當我們祖先遊牧到這塊土地的時候，剛好是夏天，而且半數的人都被從未見過的蟲子叮到。那就是這一切的開始。」

嚮導像在演講似地繼續說道。

「到了冬天，我們祖先很快就發現到一件事，那就是被蟲子叮到的人們，似乎跟其他人有些不一樣。在如此嚴酷的大自然中，因病死掉這種事情並沒有什麼稀奇，但唯獨被蟲子叮過的人們，得到了與疾病絕緣的的頑強肉體！」

「然後呢？」

「然後呢然後呢？」

「我們祖先冒出這樣的想法，也就是『搞不好被那種蟲子叮咬是一種好事呢？』。」

「原來如此……」

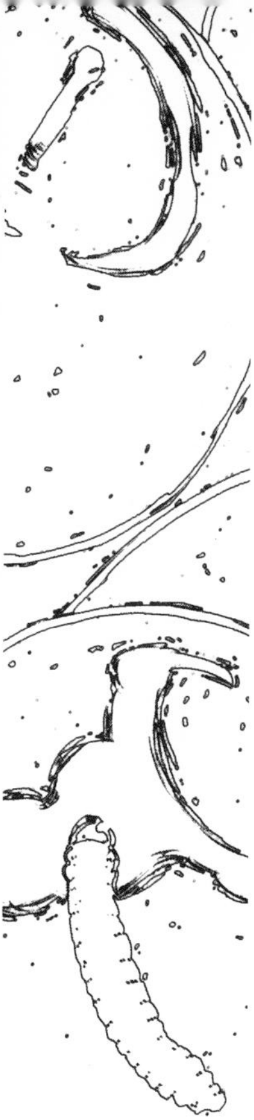

「這個嘛～當然會有那種想法呢！」

「那時候當然還沒有確切的證據可證實。於是等到隔年夏天，我們祖先開始尋找那種蟲子，後來是在野生動物的巢穴附近找到牠們的。最後是篩選掉害怕的幾個人之後，大家刻意讓那種蟲子叮咬，接著冬天到來了。」

「結果怎麼樣？」

「怎麼樣怎麼樣？」

「那年冬天格外寒冷，糧食也變少，所有人都面臨饑餓之苦。然後，當冬天過去的時候——」

「…………」

「咕嚕……」

「所有被叮咬過的人，在沒有罹患任何一次感冒的情況下迎接隔年的春天。」

「原來如此……」

「實驗結束——！」

「那已經是好幾百年前的事情。後來我們祖先決定永遠在這塊土地定居，也開始建立國家。他們切割石頭建造城牆及水壩，也建立了家園，開墾農地。」

「從此以後，大家都過著健康無病的生活是嗎？」

「沒錯，這裡沒有任何人因病死亡。就算有人受傷或燙傷，也不需要上什麼藥，不久就會自然痊癒呢。」

「好酷哦……」

「真輕鬆耶～」

「就這樣，歲月不斷流逝。只要誰家有小孩誕生，就一定讓他在夏天被蟲子叮咬。由於都沒有人生病，大家都健康地成長。就連當母親的，也不需要像過去那樣生一大堆小孩。不僅如此，為了不讓人口過度增加，我們還得調節生育數量呢。那就是這個國家現今的狀況。」

「原來如此……這下我完全明白，結果你們是藉由連自己都不了解的自然力量。」

奇諾如此說道，然後又問：

「那麼，你剛剛說『今天就會死了』是……？」

「就是我說的那個意思。我今天就會死掉，因為我已經五十歲了。」

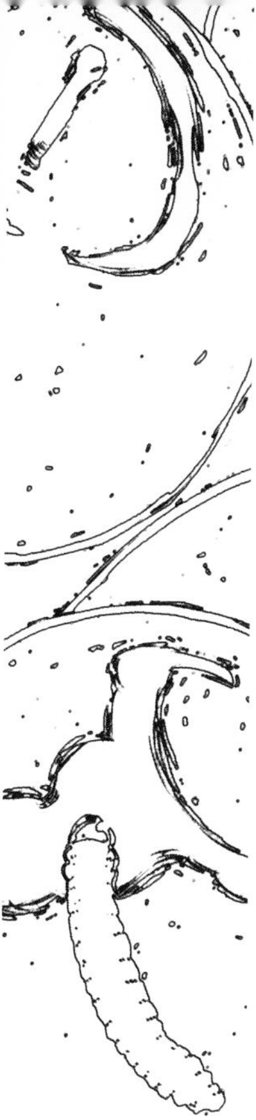

「……？」

奇諾不解地歪著頭，男子繼續說：

「當宿主一滿五十歲，寄生蟲就會從他體內出來。那個時候，宿主就會死亡。」

「這麼說的話……」

「截至目前為止，所有人都在五十歲就死掉？」

聽到漢密斯這麼問，男子堅定地點頭回應。但表情跟剛才沒什麼兩樣，依舊掛著笑容。

「就在祖先們決定永遠居住在此，歲月也不斷流逝地過了五十年，第一批被叮咬的那些人開始一一死亡。他們表示腦子會聽到一種聲音，隔天早上——」

「…………」

「然後呢？」

男子一面看著奇諾的眼睛，一面聽著漢密斯的聲音，然後慢慢站起來。

接著，在許多國民的正中央拉開嗓門大喊：

「謝謝大家！讓我有一段非常棒的人生！我真的很幸福！」

他的聲音在山谷迴響，緊接著，就聽到男子倒地的聲音。

「…………」

男子從奇諾的視野範圍消失，消失在她眼前的桌子底下。

「咦？」

就在漢密斯發出聲音的同時，居民們靠近倒地的男子，然後有幾個人小心翼翼地把他抬起來，讓他躺在奇諾眼前的石桌上。他們讓男子的手心向上，然後雙手擺在腹部前面。

此時奇諾站起來，盯著他的臉看。

「…………」

男子已經沒有呼吸，他閉著眼睛，表情也很安詳，看起來像在睡夢中死去。

這時候一名三十幾歲男子進入奇諾眼簾，用沉穩的語氣說：

「我父親死了，接下來，由我繼續說明吧。」

男子跟死去的男子長得很像。

看起來就像是本人返老還童的樣子。

「我懂了！大叔是剛才那位大叔的兒子！雖然你剛剛有講過了！」

漢密斯說道。

「那就麻煩你了。」

奇諾說道。

「別這麼說——那麼，妳請坐。因為，還要花點時間解釋呢。」

雖不曉得還要花多少時間，但奇諾還是聽他的話又坐回椅子上，而男子也隔著遺體坐了下來。

「我父親今年正好五十歲。一生下來就立刻讓蟲子寄宿在他體內，然後活了五十年，最後在今天去世。這一切，是早就知道的事情。因此，我跟家人，以及所有國民都不會覺得悲傷。」

「原來如此……那個，是寄生蟲所造成的影響對吧……」

「是的。蟲子讓人類保有完善的健康。但是一到了五十年，牠就會以成蟲之姿出來，因此人類就無法再活下去。第一批被寄生的人們在被蟲子寄生後活了五十年，所以那一定是蟲子的成長年數吧。」

漢密斯問：

「當發現到那個問題的時候，以前的人決定怎麼做呢？」

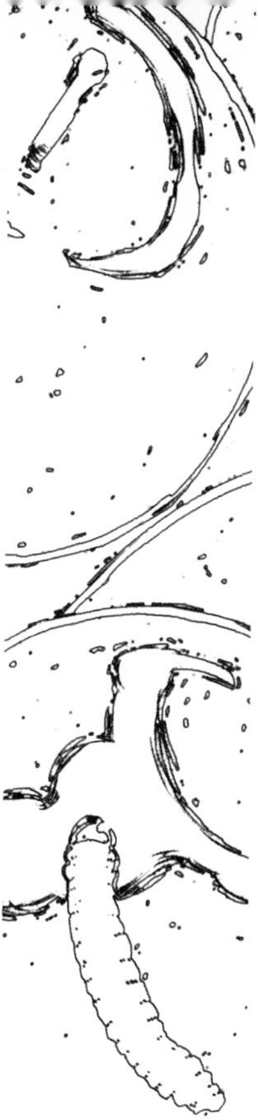



男子回答：

「我猜他們有做過比較。」

「做比較？」

「是的。就是拿過去嚴苛的生活，與現在安定的生活做比較。」

「啊，原來如此。在那之前，你們過得很辛苦呢。」

奇諾確認似地說道。

「也就是說，比較的結果，大家都有在五十歲死掉的覺悟，也接受這個事實……」

男子點了點頭。

「一點也沒錯，我們有許多逃出蟲子的手段，但是卻沒那麼做——後來，我們全都活到五十歲整，然後死掉。我今年三十五歲，是在我父親十五歲的時候出生的，而我也在十五歲的時候當了父親。我現在有兩個小孩，四個孫子。」

「那就是，這個國家『到死前都很健康』的祕密啊……」

「沒錯。然後，奇諾妳覺得呢？」
「我覺得什麼？」
「如果奇諾妳願意的話，可以從今天起得到五十年的健康哦。」
「…………」
「過去我們也曾跟幾位旅行者提起這件事，其中也有人接受呢。」
「…………」
「妳意下如何呢？」
奇諾用堅定的眼神看著男子。
「我不想要。」
並且那麼回答。
「我知道了。」
「那麼，摩托車可以嗎？我倒想試試看耶~」
聽到漢密斯的話，男子微微笑了一下說：
「實在很遺憾……這就幫不上忙了，因為寄生蟲只棲息在生物體內。」
「呿！虧我還想讓牠借住在油箱裡呢！」

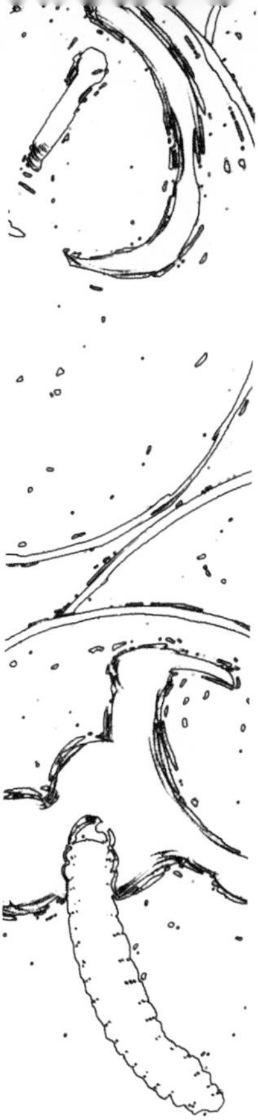



「那麼奇諾，現在有件事物想讓妳看看，請妳稍微離我父親遠一點。」

男子說道，奇諾站起來並往後退了幾步。

反倒是有四個年齡與奇諾不相上下的女子，抱著嬰兒來到桌邊。

然後她們把自己正在睡覺的孩子擺在遺體旁邊，並且把纏在嬰兒身上的布打開，讓他們露出肚子。

接著，男子走向父親的遺體，雙手小心翼翼地抬高死者的下巴，使其往下打開。也就是說，讓死者的嘴巴大大張開。

在場的居民們都很平靜地看著那幅景象，奇諾則看著居民們、男子以及遺體。

過沒多久，死者的嘴巴慢慢動了起來，那張開的下巴微微抖動著。

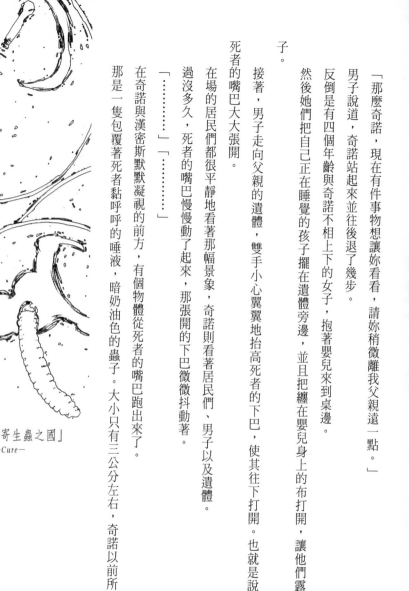

「…………」「…………」

在奇諾與漢密斯默默凝視的前方，有個物體從死者的嘴巴跑出來了。

那是一隻包覆著死者黏呼呼的唾液，暗奶油色的蟲子。大小只有三公分左右，奇諾以前所看過的蟲子之中，蛞蝓應該跟牠長得最像。

牠一面發出「啪嚓！啪嚓！」的聲音，一面從遺體的嘴巴爬出來。

蟲子彷彿緊抓住遺體的上唇爬出來，然後直接爬到其鼻子上面。到了最高的位置以後就停止動作，然後牠的背部裂開了。

剎那間，一道裂痕從牠身體的前端裂到尾部，然後從裡面出現了另一種形態的蟲子。看起來像蜜蜂、像蜻蜓，也像蝴蝶。只見那蟲子慢慢張四片翅膀。

那透明的翅膀，當著眾人之面在太陽底下變乾，顏色也跟著變深。

幾十秒以後——

翅膀在陽光的照射下，閃耀著美麗的翡翠綠顏色。

接著蟲子振動著翅膀，一面發出尖銳的振翅聲一面飛起來。牠慢慢移動，從遺體往上升沒多高就馬上找到降落點。

蟲子降落在置於遺體四周的嬰兒肚子上，再把尾巴前端貼在上面。這個動作持續三秒鐘左右，再次飛起的蟲子則飛向旁邊的嬰兒那邊。

「現在，是在產卵嗎？」

漢密斯用非常小的聲音詢問，男子則回答：

「是的，你發出聲音講話也沒關係喲。那蟲子並不會在意四周的環境，牠只會朝離自己最近的生物飛去，然後在上面產卵。」

蟲子飛越遺體停在第三名嬰兒身上，不久是第四個嬰兒。牠依然在那兒產卵並把翅膀張得大大的。

「請仔細看——這是極限了。」

然後牠沒有再張開翅膀，而是像失去風兒吹動的旗幟，無聲無息地倒下。其中一名年輕的母親走向自己的孩子，一面對倒在嬰兒肚子上的蟲子屍骸道謝：

「非常謝謝你，你的孩子就是我的孩子。」

一面恭恭敬敬地用雙手包著蟲子，輕輕地捧起來，放在死去男子的手心上，再慢慢把他的手合起來，最後才用布包裹自己的孩子並抱在懷裡。

「結束了，這就是整個過程，是在這國家進行的儀式。也是我父親希望給你們看的事物。雖說是奇蹟般的偶然，但我父親昨晚非常開心地談論今天將死亡的事情喲。」

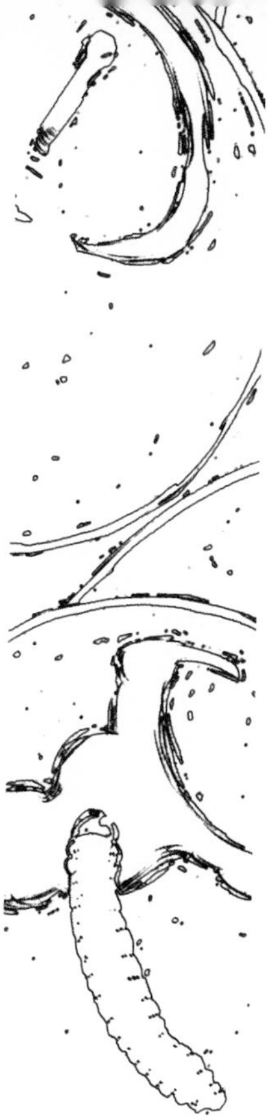

男子說道，奇諾則說：

「我非常明白了，謝謝你。」

她先向眼前的男子道謝。

「也非常感謝你。」

然後，對嘴巴張得大大的男死者道謝。

此時漢密斯問：

「那是什麼蟲子啊？以前看都沒看過耶。」

「不知道。我們僅知道牠只出現在這座山谷，長至成蟲產下四顆卵以後就馬上死亡。」

「這五十年來，以幼蟲之姿進入人體，出來產完卵就馬上死翹翹啊——」

「是的，所以那蟲子——」

男子開心地微笑說道：

「是這國家如假包換的居民喲！」

奇諾與漢密斯也參加那名男子的葬禮。

全體居民看著死去男子的臉，撫摸他的臉頰。在場沒有半個人看起來很悲傷或放聲哭泣。

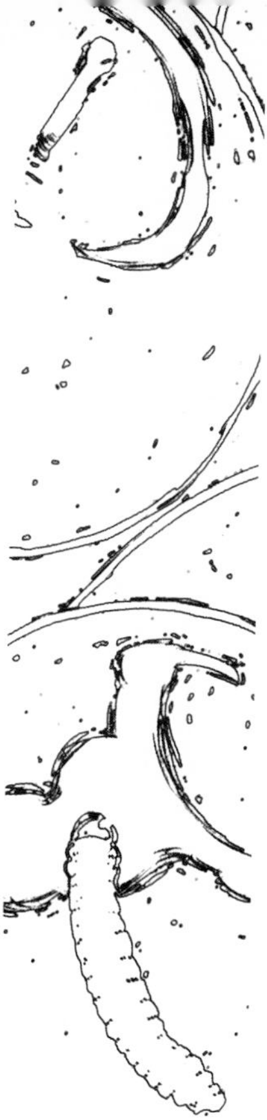



最後奇諾把帽子貼在胸前默禱以後，男子的遺體就被放進用灌木編成的籃子裡，接著眾人就扛著那個籃子走在湖畔道路上。

奇諾與漢密斯也跟在隊伍後面，結果他們在湖水較深的地方，在遺體綁上沉重的石頭並使其沉到湖底。

「如此一來，人就會成為水中魚兒的糧食，再過不久，就會變成我們的糧食。」

男嚮導說那是預定十五年後發生的事情。

隔天早上，也就是入境第三天的早上。

奇諾與漢密斯從山谷下游處的城門出境。一走下山谷斜面的曲折山路，道路再度通往谷底。

奇諾停下漢密斯並回頭看，她看著擋住山谷的水壩與旁邊用來讓水流動的引水路，以及往那裡灌注的瀑布。

奇諾向站在水壩揮手的居民們與衛兵做最後一次道別後，就發動漢密斯往前進。

此時平穩奔馳的漢密斯開口說：

「妳沒有讓自己得到健康呢，奇諾。那可是免費的禮物耶！」

「因為只有五十年……」

奇諾稍微瞇起防風眼鏡下的眼睛。

「五十年好短哦……」

「是嗎，說的也是呢。」

漢密斯表現出一副非常了解的樣子。

這時候奇諾問他。

「如果，這件事讓很多人知道的話，不曉得會怎麼樣呢？——我曾想過那個問題。」

「嗯……希望身體健康的人，會大舉湧來這裡吧？」

「那樣的話，應該會引發爭奪戰吧？」

「這個嘛，也是呢。」

「然後，得到手的人——」

「會怎樣？」

「應該會沒命吧。」

奇諾一說完她的答案，漢密斯便接著說：

「的確是呢！可能會被活生生解剖呢～只是不曉得事情會不會那麼順利啦。」

「大多數的人都會在死前後悔『早知道應該多注意一下健康的』。」

「也就是平常就沒注意保健，但也有相當長的時間很健康的人對吧？」

「或許吧，況且不是有『一病息災』的說法？」

「那麼，那種人還是會很後悔吧？到時候會不會又說『我不要拿五十年的健康代替明天死掉這種事！早知道不應該做那種事』？」

對於漢密斯的問題，奇諾只是輕輕聳肩回應。

第九話

# 「差別待遇之國」

—*We Are NOT Like Us.*—

# 第九話「差別待遇之國」

—We Are NOT Like Us.—

這是發生在某天某時的事情。

正當奇諾與漢密斯準備入境造訪的國家之際——

「妳應該不是滋姆托拉塔拉人吧？應該不是吧？並不是對吧？」

在城牆的入境審查官一而再地強烈確認。

「我完全沒聽說那個『什麼來著的人』，所以我應該不是。」

當奇諾那麼回答，便順利獲准入境。

這是發生在那天下午，奇諾與漢密斯正在休息時的事情。

「我猜應該是不可能，但還是問問看。旅行者妳應該不是滋姆托拉塔拉人吧？」

賣冰淇淋的大嬸表情嚴肅地問道，奇諾則回答她並不是。接著大嬸便露出非常安心的樣子。

這時候無法吃冰淇淋的漢密斯，便代替正在吃冰淇淋的奇諾詢問：

「請問，妳口中的『滋姆托拉塔拉人』，到底是什麼樣的人啊？」

「是棲息在我們北方的國家的居民，他們是有點骯髒又差勁的傢伙！」

大嬸的語氣開始粗暴起來。

奇諾一面默默吃她的覆盆莓冰淇淋，一面聽漢密斯與大嬸的對話。

「嗯——那些人在這裡好像很惹人嫌呢。」

「那當然喲！我實在不願認同滋姆托拉塔拉人跟我們一樣是人類！那些傢伙是吝嗇又狡猾的守財奴，又臭又膽小，但是卻很傲慢喲！我一秒都不想跟他們在一起！」

「這樣～那還真的相當糟糕呢。」

「總之，這國家的居民都很討厭滋姆托拉塔拉人。而『滋姆托拉塔拉』這個名詞，在古代說法是『廢人』的意思喲。」

「嗯嗯嗯，那大嬸妳見過他們嗎？」

「我很慶幸還沒見過他們，老實說我也不想見到他們呢——我應該會視而不見吧。」

開心吃完冰淇淋的奇諾，又跨上漢密斯在這國家觀光。

然後，在這國家各個地方都會聽到有關滋姆托拉塔拉人的事情。

有時候是，小孩子不聽父母親的話衝到馬路上——

「要是再做那種蠢事，有一天會變成滋姆托拉塔拉人喲！」

「對不起……我不想變成滋姆托拉塔拉人……」

又有時候，是上司對工作失敗的部下這麼說：

「我說你啊～我可不想跟滋姆托拉塔拉人一起工作哦，你應該懂我的意思吧？」

「我懂，真是非常抱歉！我跟滋姆托拉塔拉人不一樣！下次我一定會把工作做好的！」

然後又有些時候，是年老的男性對某個對女性不禮貌的年輕男性說：

「你是那個滋姆托拉塔拉人嗎？因為我的視力並不太好，但希望你並不是。」

「不、不是……我並不是滋姆托拉塔拉人……真的非常抱歉……」

然後然後又有些時候，是對不小心絆倒的伙伴這麼說：

「你沒事吧？瞧你的微笑跟滋姆托拉塔拉人沒什麼兩樣。來，抓住我的手吧！」

「不好意思。可惡的滋姆托拉塔拉人，他們真是一群可恨的傢伙！」

「看來滋姆托拉塔拉人在這個國家非常受歡迎喲，奇諾。大家都很喜歡他們呢。」

「我還真無法斷言你的說法未必是錯誤呢……」

結束觀光行程的奇諾與漢密斯抵達他們投宿的飯店。

想不到玄關——

「野狗與滋姆托拉塔拉人禁止進入！」

出現了這麼一塊牌子。

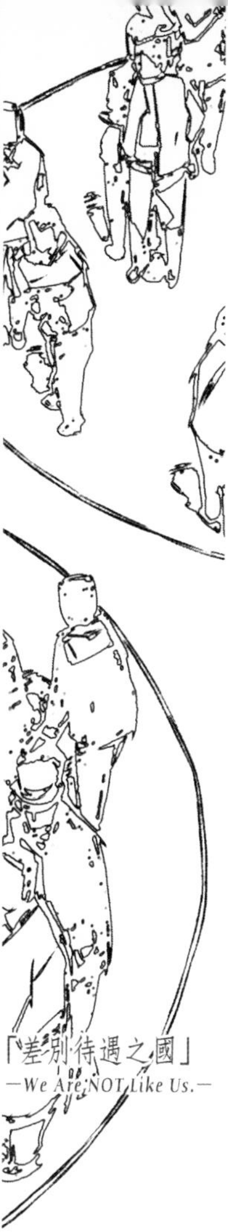

這是發生在兩天後的事情。

奇諾與漢密斯從那個國家出境了。

當他們奔馳在往北走的單行道上，遇見了一名背著行李往前走的男旅行者。

「喔～那個國家是我的故鄉喲，我正準備回去呢。會出國旅行的，應該只有我一個吧。」

奇諾邊說「那剛好」邊詢問：

「有關滋姆托拉塔拉人的事情——」

「啊啊，妳是指在我祖國一直被眾人瞧不起、嫌棄、輕蔑的那些人是吧？」

「那件事你非常了解嗎？」

「是的。因為我很想知道那是個什麼樣的國家，於是立刻出發到北方造訪那個國家哦。」

「結果呢？」「那是個什麼樣的國家啊？」

奇諾與漢密斯問道，男子則輕鬆地回答。

「是很普通的國家喲。雖然風俗習慣跟我故鄉不同，但也只是那樣。那些傳聞全是騙人的。」

「原來如此。」「原來如此啊。」

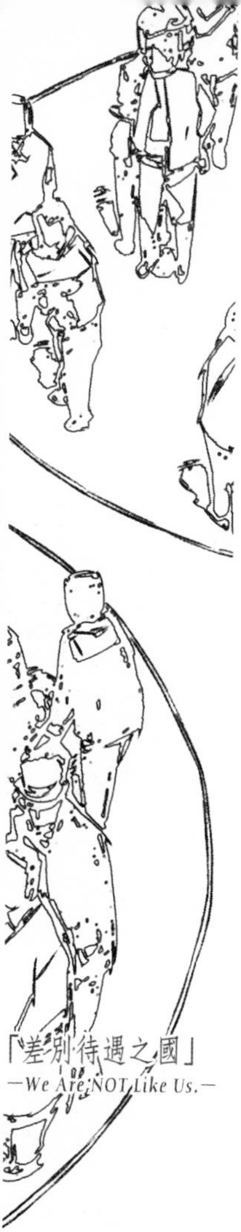


「不過，倒是有一點跟我故鄉一樣呢。」

當男子一那麼說，隨即「嘻」地笑起來。

「那是什麼？」「那是什麼？」

「那個國家的人們，稱我們是『貝塔拉姆尼特人』——就他們的說法，意思是『沒有智能的生物』。看來他們也是每天一面數落我們，一面引以為戒喲！」

第十話

# 「正確之國」

―WAR=We Are Right!―

# 第十話「正確之國」

## — WAR=We Are Right! —

在鬱鬱蒼蒼又深邃的森林裡，停了一輛摩托車。

那是後輪兩側裝了黑色箱子，上面的載貨架堆了行李袋與睡袋的摩托車，用主腳架立著，綠色的森林景致映照在銀色的油箱上。

摩托車停留的地方，是夏季的森林裡。

這片綠意一到冬天就幾乎消失不見，整個區域將籠罩著白雪。然而此刻這兒的樹木正爭奇鬥豔著變化萬千的綠意。這是個從樹葉縫隙透下的陽光裡可見許多昆蟲飛來飛去，鳥兒熱鬧鳴叫的世界。

這兒的道路是石板鋪成的，平坦的石塊整齊排列，鋪設得幾乎毫無縫隙。路面的寬度大約是卡車可交會的程度。

雖然建造以來已過了許多年，可能是維護做得相當徹底的關係，路面少有凹凸不平的狀況，也沒有被花草侵佔。綠色的枝葉之間，劃著一條灰色的直線。

「還沒好嗎，還沒好嗎——」

摩托車像在唱歌似地自言自語，但沒有人回答。

此時一隻淡綠色羽毛的鳥兒，飛下來停在摩托車的龍頭上休息。

「喂，不要在那裡大便哦！」

摩托車對鳥兒如此說道，但沒有得到回答。

過了數十秒後，鳥兒飛走了。幾乎在那同一時間，森林裡傳來有人走路的聲音，摩托車騎士在樹葉縫隙透下來的陽光中現身。

那是一位年輕人，年紀約十五、六歲，身上穿著白襯衫與黑色背心，腰際繫了一條寬皮帶，黑色短髮上面戴著帽子，銀框的防風眼鏡則掛在脖子上。

然後右腿懸掛著槍套，裡面插著左輪手槍型的掌中說服者。腰部後面還有另一把說服者，但這把是細長型的自動式手槍，以槍托朝上的方式插在槍套裡。

「歡迎妳回來，奇諾。」

摩托車說道。

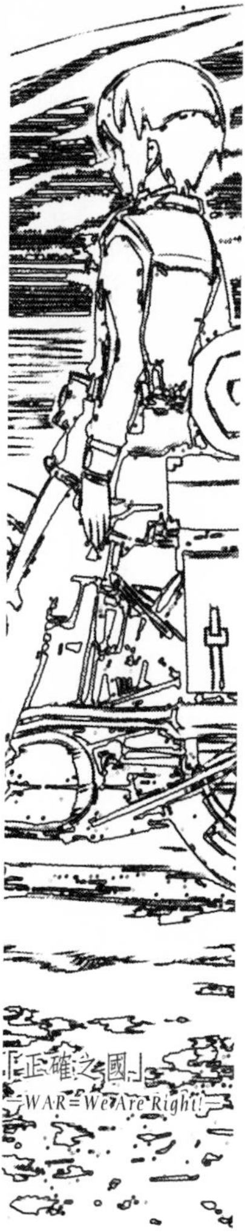

「我回來了，漢密斯。」

叫做奇諾的騎士穿過森林回到石板路，然後站在自己喊「漢密斯」的摩托車旁邊。

接著奇諾從後輪旁邊的箱子裡拿出金屬製的水壺。

那是類似軍隊所使用的那種簡單型水壺。裡面裝了早上燒好的開水，奇諾喝了兩口已經變溫的開水。

「結果，有什麼發現嗎？」

奇諾邊回答漢密斯的問題——

「什麼也沒發現到。」

邊把水壺放回箱子裡。

她一度摘下帽子，用襯衫的袖子擦拭臉上的汗水。

「我們在找的國家，真的就在這附近嗎？」

漢密斯問道。

「聽說是在這附近啦……照理說是在這盆地之中沒錯。」

奇諾邊回答，邊環顧四周。森林的視野不佳，看不見除了道路以外的人工物品。就連道路的前方，也只看到遠處有隱約的山脊。

「況且國家也不可能輕易移動……」

奇諾不解地歪著頭，漢密斯也同意她的說法。

「即使那國家真的遷移或滅亡，最起碼也會殘留城牆或什麼殘骸吧～」

「沒錯——只不過，有件事倒是讓我有些在意。」

「咦？什麼事？」

「我們正在找的那個國家，是在距離相當遙遠的國家聽說的。那也是相當久遠的情報，應該是從一百多年前流傳下來的事情吧？聽說在盆地有個科學技術的發展，遠比周遭國家還要來得飛快的國家。」

「然後呢？」

「可是，當我們接近這片土地卻完全得不到相關的情報。過去入境的國家跟不久前入境的國家，這兩個國家的居民跟衛兵都口徑一致地說『沒聽說過有那種國家』。」

「嗯～很奇怪呢。」

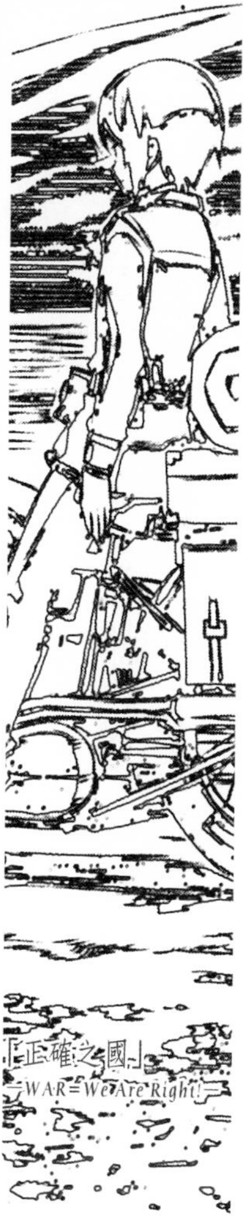

「是很奇怪喲，而且連這條路也很奇怪。雖然是從鄰國一路連接過來，但是……」

奇諾低頭看，並用靴子輕輕踢了一下石頭。

「的確沒錯的確沒錯。如果真有國家，不可能沒有銜接這麼好的道路呢。」

漢密斯說道，奇諾又抬起頭說：

「可是，這條路又筆直延伸到遙遠的山區呢。」

「若繼續順著這條路走，就會通過盆地了呢。當然啦，若路上有什麼十字路口的話就又另當別論，但是，又沒有理由存在於這樣的大自然裡。」

「嗯……」

奇諾輕聲呻吟，然後——

「縱使舊情報有誤並不無可能性，但我就是想不透。所以還不放棄地尋找。」

「妳要尋找的東西還真龐大呢～若某人拿去使用，希望他能夠歸回原位呢。」

「一點也沒錯。像漢密斯，就一直待在昨晚停留的這個位置呢。」

「不過，這全歸功於平日嚴格的訓練啦。」

「那我倒不知道呢。」

「老實說，人要找的東西，總會在找的時候找不到喲，奇諾。要不要先暫停尋找？或許反而就發現了喲？」

聽到漢密斯這麼說，奇諾笑著說：

「搞不好呢——那麼，我們再往前走一段路吧。」

於是奇諾跨上漢密斯，踢開主腳架並發動引擎。

奇諾一面慢慢行駛在非常平穩的道路上，一面仔細注意左右兩側的景色。

不太安靜的引擎聲在森林裡四處流竄，但鳥兒並沒有因此受到驚嚇而逃走。停留在枝頭上且色彩繽紛的鳥兒們，低頭看著下方的摩托車與旅行者。

「資源好豐富的森林呢～」

漢密斯說道。

「那些鳥，不知道能不能吃呢？」

奇諾喃喃說道。

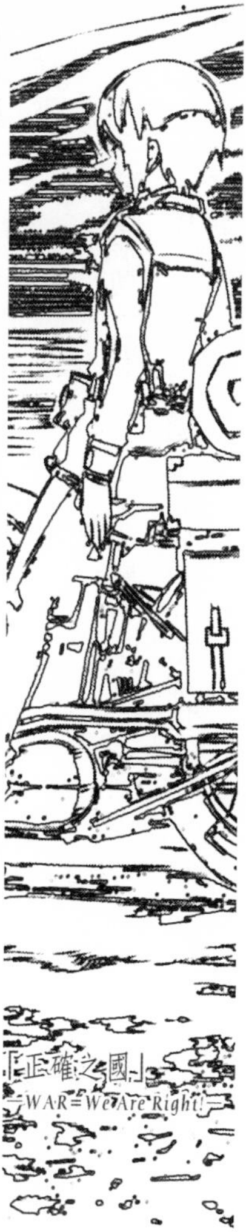

就在他們往前進好一陣子的時候——

「停一下！我發現右邊好像有什麼東西！」

聽到漢密斯這麼說，奇諾慢慢剎車並往右邊看。

「…………哪裡？」

眼前所看到的，只有樹木的枝幹跟綠草。一隻拖著長長尾巴的紅色小鳥，從景色跟先前沒什麼改變的森林前面飛過。

「妳看地面。剛才經過沒多久的地方，不是有個隆起處嗎？雖然只是微微隆起。」

漢密斯說道。定睛凝視的奇諾，終於看到那處的確是微微隆隆的地方。大概是一輛車的大小，而且隆起處的上面並沒有長樹。

「你說那個嗎？」

「沒錯，調查看看吧。」

奇諾一面讓漢密斯前進，一面改變方向。她稍微往森林裡面走，前進到那個隆起處的前面，然後從漢密斯上面下來，蹲下來仔細觀看地面。

「…………」

有草跟泥土，以及偶爾蠕動的蟲。其他什麼都沒有。

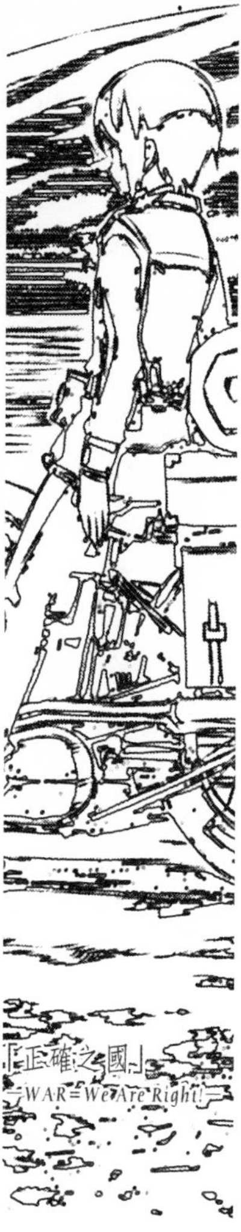


「妳稍微挖挖看嘛。」

「知道了。」

奇諾聽從漢密斯的話從箱子裡拿出摺疊式的小鏟子。

接著往開始隆起的地方插進去，然後開始挖掘。

「要是挖到金塊，妳打算怎麼辦呢？奇諾。」

「我會盡可能堆在你上面，能堆多少就堆多少。」

「我就知道妳會這麼說。」

奇諾繼續挖掘的作業。在這悶熱的森林裡，奇諾飆出許多汗。她一次又一次地擦汗，也不斷向下挖。

然後，就在奇諾挖到差不多膝蓋那麼高的深度時——

伴隨著「嘎鏗」的低沉聲音，鏟子前端似乎撞到什麼東西而彈開。

「賓果！是金塊！」

聽著漢密斯開心的台詞，奇諾也滿臉喜悅地挖掘那四周。她把土撥開，推開裡面那些蟲子，然後看著從裡面挖出來的物體。

「…………是水泥塊。」

奇諾相當失望地說道。結果挖出來的，是沾滿泥土的暗灰色水泥塊。

「哇塞，完全如我想像的！」

漢密斯看起來毫不沮喪還那麼說，於是奇諾反問：

「『想像』？漢密斯你早就猜出這是什麼了？」

「嗯。」

乾脆表示肯定以後，漢密斯說出他的答覆。

「是碉堡喲，奇諾。」

「你說的『碉堡』……是軍隊進行防禦時用的那個？」

「沒錯，它還有『堡壘』或『火力點』等其他說法。就是挖一個洞，建造能夠挺住敵人的砲彈，也不會被邪惡的大野狼吹跑，有著圓~圓碗狀屋頂及厚實水泥牆的房子。上面還會鑿出小洞，以便利用說服者射擊敵人。」

「碗狀……原來如此。難不成那個碉堡就整個埋在這裡……不過『邪惡的大野狼』又是？」

奇諾在說出最後那個名詞也同時不解地歪著頭，漢密斯則簡短回答她：

「那是童話。」

看著碉堡隆起的地方，奇諾與漢密斯討論起來。

「這麼說，那個國家還是存在囉？」

「是啊，奇諾得到的情報是正確的。國家若不存在，就沒必要建造那種東西。從剛才我就不時看到類似的痕跡喲，可見這裡以前曾經是防禦線呢。」

「防禦……防哪一邊？是單純保護國家呢？還是保護國家免於外來的攻擊呢？」

「這就不曉得了。只要把碉堡全挖出來，或許可以從洞穴知道些什麼呢，妳要做嗎？」

「不了——我們又不是戰爭調查團，可是……」

「可是什麼？」

「我們再往森林前進吧，搞不好會有什麼發現呢。」

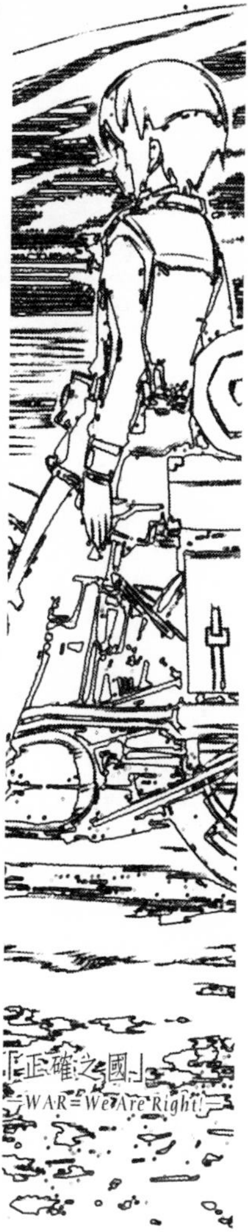

「了～解！」

奇諾騎著漢密斯慢慢進入森林。

在濕潤的泥土上，她一面確認輪胎不會陷進去一面慢慢前進。

「這座森林，說它怪也有點怪呢。」

漢密斯說道，奇諾問「哪裡怪？」

「因為只有這盆地裡面的樹木是繁茂的。」

「經你這麼一說，的確是呢。」

「會不會是有人種植呢？若是人工種植的話，常常會出現只有那個地方的植物與眾不同。」

「會是誰種的？這麼說，真的有個國家囉……？」

「或許有，也或許沒有——不過，我看到有趣的東西喲，妳仔細往前面看。」

聽到漢密斯這麼說，奇諾定睛往行進的前方……森林的枝葉縫隙看。

「咦？」

她看到有如天空的藍色。

從森林走出來的奇諾與漢密斯，目前的位置是在湖畔。

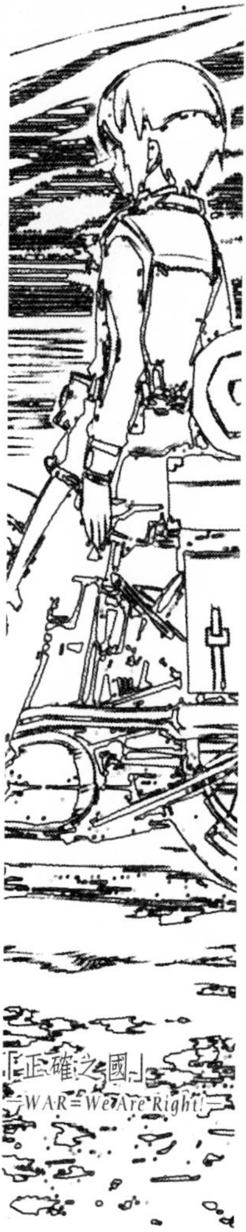


「哇塞……」

「好美哦～」

眼前是一處直徑達十幾公里的大湖。

從大地延伸而出的森林突然中止，取而代之的是低矮的草原，然後直接連接到湖畔。水資源充沛的湖泊，無聲無息地躺在那兒。

而往左右兩側延伸的湖岸線，劃出漂亮的弧度並圍了一個大大的圓。而那個弧度再次重疊的地方——也就是另一頭的湖畔，距離非常遙遠，只隱約看得見而已。

光滑的水面倒映著天空，偶爾還被吹來的風激起漣漪。只有一次因為大魚在附近躍起而發出些微聲響。

「明明有這麼大一座湖，怎麼從山嶺都沒看見呢……」

跨在漢密斯上面的奇諾，以夾雜了訝異與感動的語氣說道。

「剛好我們是從位於北邊的頂端後面進來的，之後都在森林的樹陰裡。」

「儘管如此，這景色真的好美哦……就算想找的國家沒找到，我也心滿意足了喲。」

「那真是太好了——」

「我看今天就在這裡紮營吧？反正也有魚，下午就一直待在這裡釣魚吧。」

「這麼優雅的活動的確不錯呢——不過……」

漢密斯在最後把語調拉低。

「嗯？『不過』？」

「先跟那位大叔聊聊吧，請看妳的左手邊。」

「唔！」

奇諾訝異地轉頭看。

往左側延伸的湖畔，在距離他們相當遠的位置，有一名男子茫然地呆站著。

男子年約七十歲。

雖然漢密斯叫他「大叔」，但他實際上是個老人。

只不過，他的背脊比一般老人還要挺，身體也很硬朗。

他的身子纖細，穿著薄襯衫以及釣客常穿的那種有許多口袋的背心，頭上綁了頭巾代替帽子，肩上則背了一只布包。

看起來像是從森林走出來的男子，表情訝異地看了奇諾他們好一會兒，但不久就稍微舉高右手並慢慢揮動。

奇諾則大大地揮手回應，以表示自己並沒有敵意。

此時男子一度消失在森林裡，但很快又出來。他的手上拉著馬韁，接著輕快地跨上那匹黑色英挺的馬兒，朝在湖畔的奇諾他們跑過來。

奇諾則是從漢密斯上面下來，再用主腳架使其立起來。

接近他們的男子，馬鞍上雖然綁了旅行用品，但尺寸並不是很大，數量也不多。

漢密斯則推測地說：

「若沒有其他藏起來的行李，應該是來自離這裡很近的國家呢。」

奇諾點頭表示贊同。

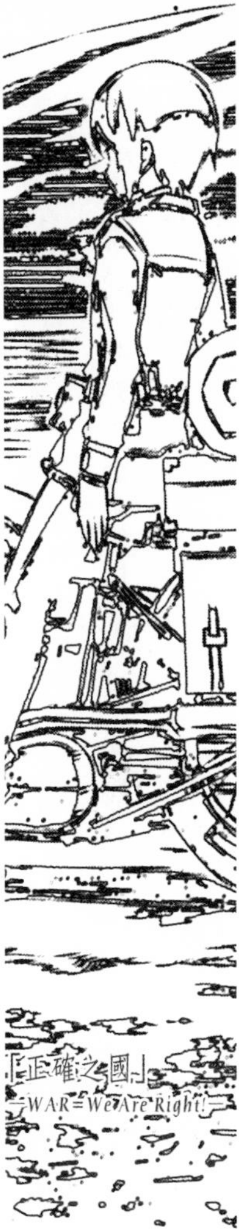

男子以純熟的馭馬技術，讓馬兒在奇諾他們前面穩穩停住。然後，雖然是老人的他，卻以輕快的動作從馬鞍跳下來。

「嗨、嗨！旅行者！摩托車！」

男子以夾雜了訝異、喜悅與興奮的表情說道，讓他臉上的皺紋變得格外明顯。

奇諾回答：

「你好，我沒有想到會在這種地方遇到人呢。」

「意見同右——」

「是啊！真的很開心呢，我也是第一次在這種地方遇到其他人呢！」

奇諾立刻詢問看起來很開心的男子。

「我們是聽說這附近有個科技進步的國家才來的，後來離開石板路、進入森林才發現到這座湖，但就是沒找到那個國家。」

男子的表情慢慢變得悶悶不樂的樣子。

「就是說啊。」

漢密斯接著說道。

「如果你知道些什麼，請告訴我們好嗎？」

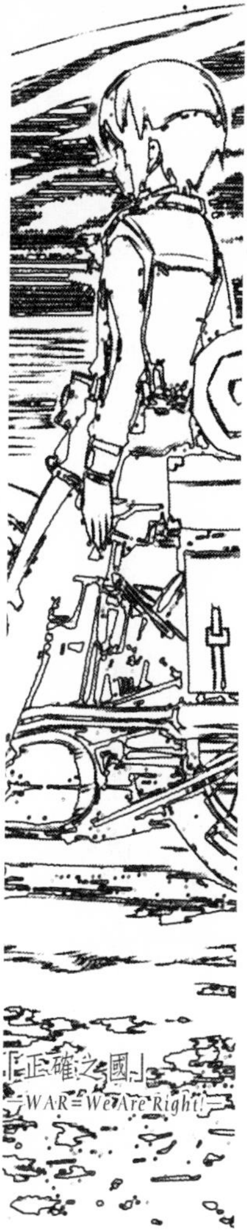


「咦，你怎麼認為我會知道呢？」

男子笑咪咪地問。

「就憑你剛才的態度。」

漢密斯立刻回答。

一度瞪大眼睛的男子，忽然露出笑容嘆了口氣說：

「我就告訴你們吧。不過，這故事有點長，可以坐下來說嗎？」

湖畔有一輛摩托車、一匹馬跟兩個人類。

馬兒在附近吃草，摩托車則是用主腳架立起來。

人類則坐在綠草上望著湖水，手上各自拿著裝了茶水的茶杯。

「那麼，該從哪裡開始說起呢……」

男子沒有看奇諾，而是望著湖面說道。他瞇著眼睛，深棕色的眼睛倒映著映了天空的湖水。

因為男子沒把話說下去，於是漢密斯問：

「大叔，你是考古學者嗎？」

「不是的，但也很像呢……對了，那個國家，的確存在過喲。」

「嗯嗯。那個國家，就位於這座湖泊所在的位置嗎？」

「位於這座湖泊所在的位置……沒錯。」

奇諾聽著他們你一言我一語的對話，然後視線從男子轉移到湖那邊。那座寬敞的湖泊就靜靜躺在那裡。

漢密斯又繼續追問。

「那個國家，一直存在到幾年前？」

「一直到四十二年前。」

男子立刻回答，讓奇諾臉上露出小小的訝異。

「你好清楚哦。」

「是啊……」

「那麼，我再多問一些吧。那是個什麼樣的國家？進步到什麼程度呢？」

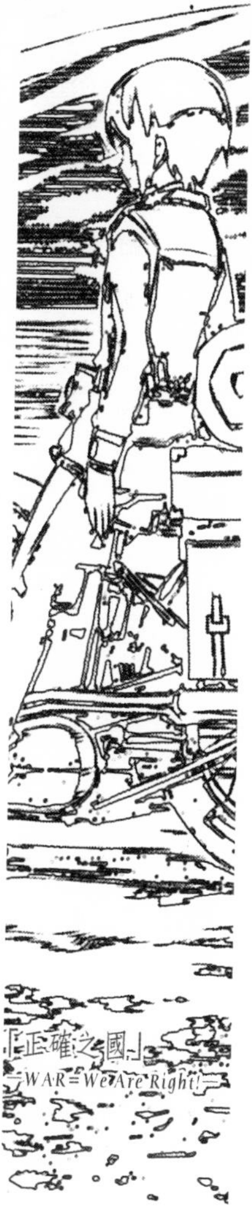


漢密斯的提問讓男子滔滔不絕地說：

「以科技來說，是明顯脫穎而出的國家喲，鄰近的國家根本就比不上。那國家有他們自己研發的技術，但也有來自他國但立刻做改良的技術。」

講到這裡，男子眼睛流露出一抹惆悵。

「只是……那是個非常不得了的國家。是很可怕的、國家……」

男子稍微喝了口茶，並沒有繼續說明那是個什麼樣的國家，反倒是詢問奇諾他們——

「有了突飛猛進的科技之後，你們知道那個國家想對其他國家做什麼？有什麼企圖嗎？」

隔了幾秒鐘，奇諾回答：

「你的意思是，使用優秀的武器進行脅迫或攻擊嗎？」

「嗯嗯，是會想做那種事呢。就像那種自認『我很會打架哦——』的人，老是會給周遭添麻煩那樣。」

男子點頭回應。

「沒錯，那是正確答案。」

「結果——」

奇諾問道。

「原本在這裡的國家非常好戰，以壓倒性的軍力攻擊周遭的國家是嗎？」

男子回答：

「不，不是的——原本在這裡的國家是非常『愛好和平的國家』，所以才攻擊周遭的國家。」

「啊？」「咦？」

奇諾與漢密斯不約而同失聲驚叫。

「可能你們並不相信，但我會告訴你們真相。」

男子說道。

「原本在這裡的國家，是個尊重和平的國家。他們主張和平優於一切，並當成國家理念。全體國民被徹底教育，認定戰爭是絕對不可為的邪惡的行為。國家憲法也明訂禁止戰爭，甚至還發誓無論發生什麼事都不可交火。雖然，這國家過去不曾因為戰爭而吃過什麼苦頭。」

「然後呢然後呢？」「然後呢……」

「就這樣，國家維持了好幾百年。儘管擁有先進的技術，也不曾轉用到武器去攻擊其他國家，與鄰近國家都保持良好關係。」

「嗯嗯嗯，到這裡都還很好呢。」

「我想周遭的國家，也不敢攻擊技術那麼進步的國家吧。」

「後來，這是發生在四十五年前某個時候的事情……發生了某個事件，而那也改變了這個國家的命運。契機源自於很小的事情，當時的人們完全沒想到那會變成『事件』呢。現在回過頭來講的話，那既是大事件，也是歷史的轉折點。」

「這個嘛，對於創造歷史的人們來說，歷史不就是那回事嗎？」

「那麼，發生了什麼事呢？」

「他們創作了一首歌。」

「什麼？」

「你說『歌曲』嗎？」

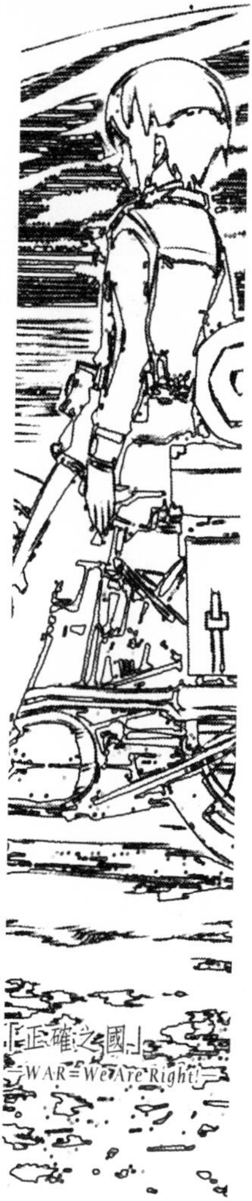

「沒錯，就是歌曲——是某一首歌。首先創作出來的是詩，後來配上曲子以後就變成歌曲，而且在這國家瞬間竄紅。」

「什麼樣的歌曲？」「什麼樣的歌曲？」

「讓你們看那首詩會比較快吧，我這裡有。」

男子從布包拿出來的，是金屬板。

尺寸約雜誌大小，而且不只一塊，是重疊了好幾塊的金屬薄板。角落還穿了圓孔，用鐵環串在一塊。

「這些是過去在那個國家張貼在城市裡的金屬板。那首詩就雕刻在這幾塊金屬板上。」

照理說那應該是有四十二年以上歷史的東西，但看起來就像是剛從工廠送過來，閃耀著沒有任何霧面磨損的銀色光芒。男子把那個遞給奇諾。

「謝謝。」

奇諾接過來以後就把它拿到自己面前，而且是連漢密斯都看得到的位置。金屬板上面，滿滿雕刻著精密又完美的大型文字。

「那是雷射雕刻呢，了不起。」

漢密斯說道。

接著奇諾與漢密斯開始唸那上面的文字。

首先，最上面是寫了「和平之歌」的標題。

然後就是歌詞了。

（第一塊）

我們絕對無法容許戰爭。

我們絕對不認同戰爭的存在，也無法認同。

這美麗的世界不需要戰爭，不需要武器，也不需要軍隊。

認同戰爭的人們，永遠不肯放棄武力的人們，以「必要之惡」的卑鄙藉口肯定戰爭的人們——

他們才是如假包換的邪惡。

大量殘殺同種族的人類，算什麼萬物之靈？

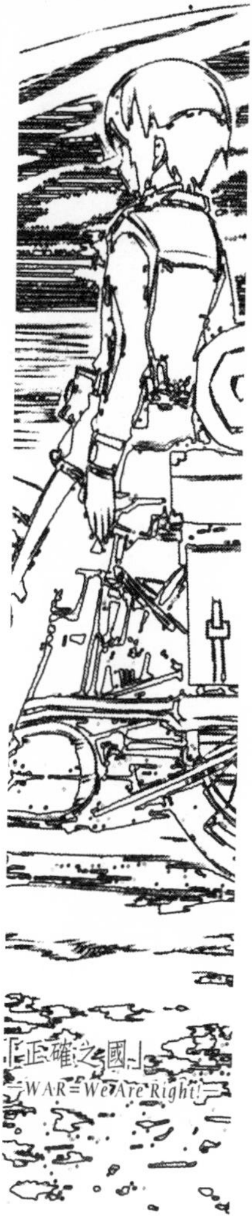

他們總是若無其事地說，「這是正義之戰」。

他們總是這麼說，「這是必要的犧牲」。

戰爭根本就毫無正義可言。

這世上也沒有什麼必要的戰爭。

奇諾看完第一塊，詢問漢密斯說：

「可以翻下一塊了嗎？」

「請翻請翻。」

（第二塊）

戰爭是萬惡根源。

這世上根本就不需要什麼戰爭。

愚蠢的人們呀，你們可曾想過，若沒有發動戰爭，可以為自己帶來多大的利益？

將不會有人死去，可以把那些努力投注在建設的方向！無論多愚蠢的人，照理說都能夠立刻想出答案的！

毫不考慮就製造武器的人，開心得到武器的人。
難道他們都沒發現嗎？沒發現戰爭不會產生任何好處。
竟然如此充耳不聞？只想待在自己安全就好的場所。
因為轟炸而失去手臂的女子。
因為地雷而失去腳的男子。
以及幾千幾萬個因為戰爭而失去父母的嬰兒。
沒有人聽到那些哭泣聲嗎？或者摀住耳朵當做沒聽見？只想待在自己安全就好的場所。
戰爭絕不容許存在，也不能認同戰爭這種行為。
他們總是這麼回答：
「這場戰爭或許是個悲劇，但結果卻能拯救更多人。」
那些話他們敢對死去的孩子們說嗎？
能夠說服失去孩子的父母親嗎？

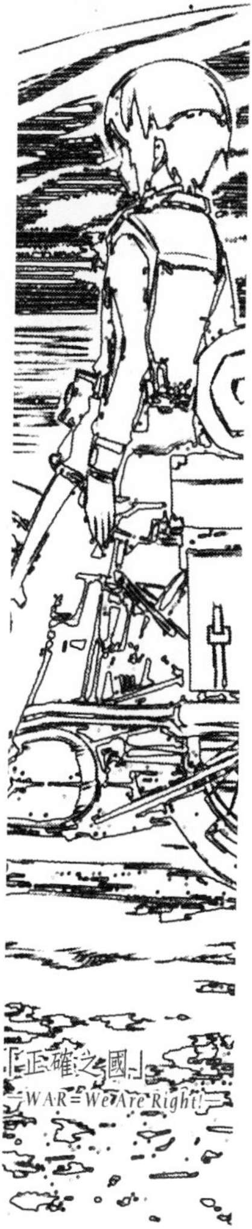

「嗯嗯，這些詩寫得相當亂七八糟，而且一點都沒押韻呢。」

漢密斯說道，男子則淡淡地回答：

「沒辦法，因為這位作詞者從來沒寫過詩。他只是某天突然靈感一來，就半好玩地寫下來。」

「…………」

奇諾沈默地瞇著眼睛，漢密斯則毫不在乎地繼續說：

「原來如此原來如此。那麼奇諾，看下一塊吧。」

（第三塊）

把士兵們送上戰場的政治家，總是待在安全的場所。

他們絕不會讓自己去送死。但他們發表演說稱那是有價值的行為，為什麼不自己率先前往呢？

為了殺死他人而手持說服者的軍隊呀，你們何不先殺死自己的朋友？殺死自己的父母呢？你們用那醜陋的說服者開槍射擊的，又是誰的朋友？誰的父母呢？

若上級命令你們對某人開槍，何不用說服者對準那傢伙問個清楚？

「真的可以開槍嗎？你跟對方都一樣是人類喲？」

所有肯定戰爭的人都是邪惡的。
熱愛和平的我，只想追求那個真理喲！

「呃——請問這個，以這種方式寫的詩還剩幾塊啊？」
漢密斯沮喪地說道。
「我已經看膩了……」
奇諾瞄了漢密斯一眼。
男子說道：
「別擔心，只要看到第四塊就可以喲。所有問題都在那上面。」

（第四塊）
所以，我熱愛和平的同志呀！

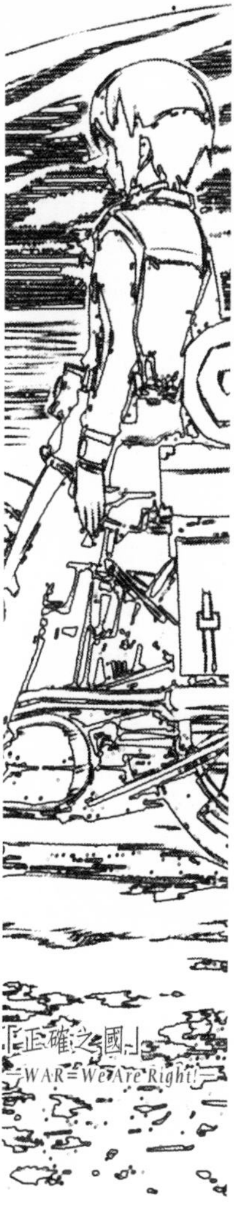

殺死肯定戰爭的人們吧。

把他們全部殺光，讓世界不再有戰爭。讓世界找回和平。

我們大家站起來吧！熱愛和平的我們，手牽著手站起來吧！

把他們當人看根本就沒用，他們都是被戰爭這種愚蠢的行為矇蔽心志的人渣們！不，根本就是不配當人的生物！

所以把他們殺光！將他們斬草除根，讓他們滅亡吧！讓熱愛和平的我們，把肯定戰爭的人們，引發戰爭的人們一舉殲滅吧！

行動吧！

「…………」「…………」

結果奇諾與漢密斯看完以後，沉默了大約五秒鐘。

奇諾首先用不太愉快的語氣說：

「這個實在……很極端呢。」

然後漢密斯——

「好一群正直的人呢～」

他開心地這麼說。

接著奇諾動手翻到下一塊金屬板。

（第五塊）

行動吧！

把所有軍人都殺掉！

殺死支持軍人的人們！

殺死想當軍人的傢伙！

也殺死父母親當軍人的人！因為他們是靠沾滿血腥的薪水過活的！你的父母是殺人兇手！因此身為他們小孩的你也是殺人兇手！

把他們全都殺掉。只要他們活在世上一天，戰爭就不會消失。

把他們全集中在一處，等他們全被燒得灰飛煙滅的時候，世界一定會變美麗的。

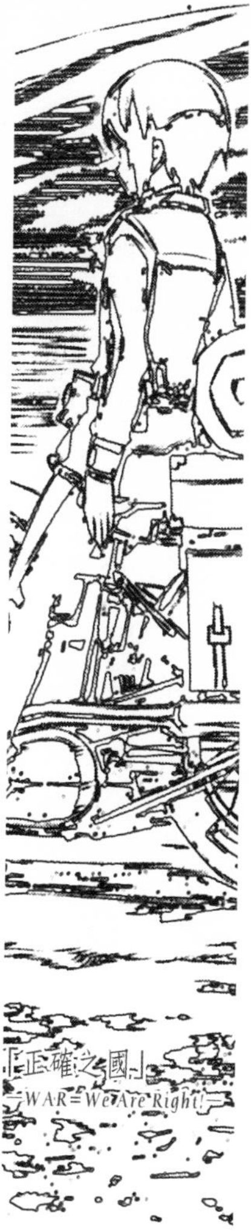

將變成一個沒有戰爭，比過去更加美好的世界呢。
呈現在我們眼前的，將是充滿和平的理想世界呢。

「……………」
奇諾不發一語地翻開第五塊，結果出現的是第一塊金屬板。
「沒有了？」
男子對漢密斯回答「沒有了」，然後——
「那就是曾在那個國家流行的『和平之歌』。後來配合了輕快的音樂，在國內每個人都朗朗上口。全體國民非常熱衷唱這首歌，還說『這正是我國追求的東西！既是我們建國的理由，也是我們存在的意義！』呢。」
「可是，這個——啊，沒事。現在討論那個也沒有意義呢。」
漢密斯開心地說道。奇諾則是一面「唉～」地嘆氣，一面把金屬板整理好並歸還給男子。
「剛才那些詩的意思，我非常了解了。後來——發生了很可怕的事情對吧？」
男子一面點頭一面接下金屬板。
「是啊——發生了很可怕的事情。那國家的人們因為那首歌而激發勇氣，並下定決心『為了世

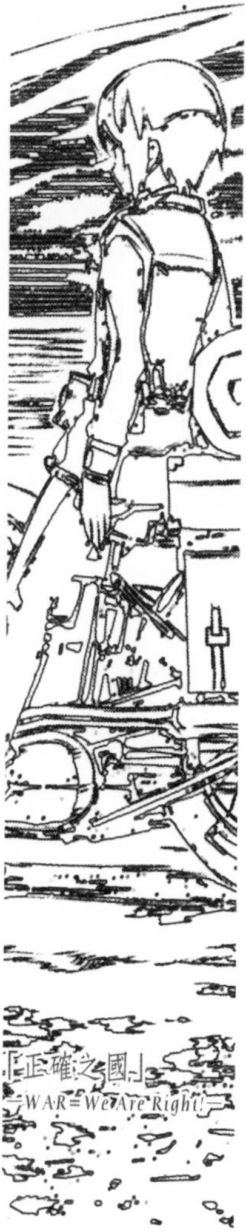


界和平，要把不愛和平的人們都殺光光』。對任何人來說都是不幸的事情，但他們有行動力，因此為了實現夢想而出動。但更加不幸的是，他們就是有那種實力。」

「也就是技術能力對吧！那麼，他們不就在很短的時間內建立了軍隊？」

「沒錯。當然啦，因為他們痛恨軍隊，因此對自己建立的組織不稱為『軍隊』。當時在那個國家，是叫做『實現世界和平協力隊』或『實現夢想隊』。」

「但實情是……？」

奇諾問道，男子再度點頭。

「沒錯，完全就是一支武力強大的軍隊喲。有優秀的連發式說服者、長射程的大砲、堅固的戰車……為了實現自己的夢想，無論多嚴厲的訓練他們都熬過了。」

「然後呢然後呢？原本在這裡的國家，後來怎麼了？」

「大概就如你們所想的——他們得意揚揚地為了『世界和平』出發。然後把大砲對準最近的國家，還要求『立即解散你們的軍隊！』。當然他們腦子裡應該有『為了不要再有愚蠢又悲慘的戰爭，為了世界和平』等主題——」

「但那不是行不通嗎？」

「沒錯，當然行不通。突然受到威脅的國家陷入恐慌，並派傳令兵向其他國家求助。當傳令兵帶著情報回來的時候，他的祖國已經不在了。」

男子不帶任何感情，只是淡淡敘述歷史事實。

「結果因為沒有在時間內回應，那個國家便遭到砲火集中轟炸，不到一個晚上就被滅掉了。抵抗的人們跟提出投降建議的人，包括傷者、女性及小孩，全都被殺了。可能認為他們這些『肯定戰爭的國民』都是『害蟲』，就算讓他們活下來也沒用吧。即便對方毫無抵抗，他們也不在意。」

「…………」

「哎呀呀。」

「毀滅了一個國家，覺得『世界稍微變和平』的他們，意氣風發地回到自己國家，並開始尋找下一個目標。結果，為了不讓國民遭到虐殺，周遭國家能夠做的只有一件事情。你們想得到嗎？」

「可以——就是結成聯合軍，包圍原本在這裡的國家。」

「這個嘛，也只能夠那麼做呢。」

「是的。這些國家的交情並不是很好，過去也曾因為各種理由而打仗，但他們只有在這個時候

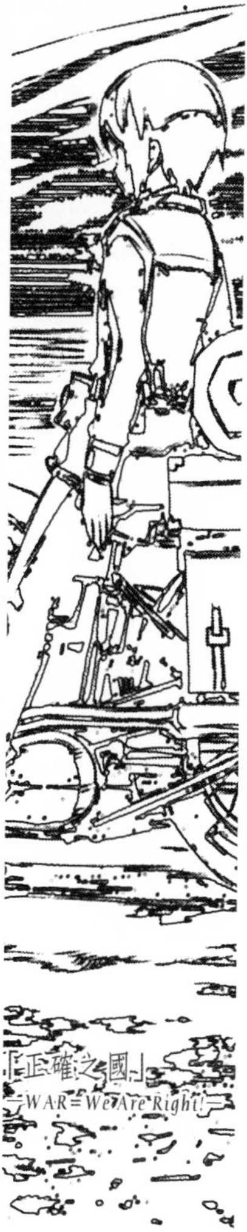


決定攜手合作。為了解決這種情況，他們心甘情願地選擇戰爭這個手段。原本在這裡的那個國家，他們也因為無法理解『追求和平』的自己為什麼遭到攻擊而憤憤不平，想抵抗『那些阻止世界和平的愚蠢傢伙』。然而包圍盆地的聯合軍，在人數上就佔了壓倒性的優勢。但是，武器的性能處於天壤之別的劣勢。」

「鐵定形成非常激烈的戰爭吧～」

「是的，聯合軍拚死拚活地戰鬥。聯合軍這邊的死亡人數是幾十倍，非常多呢。若重要的補充與補給有任何延遲，大概就會吃敗仗吧。」

「可是，最後還是贏得勝利，『超愛戰爭的聯合軍』果然有兩把刷子呢。」

漢密斯用俏皮的語氣諷刺，但男子並沒有放在心上。

「雖然早就料到會有什麼樣的結果，但聯合軍從頭到尾都豁出性命戰鬥。在盆地裡展開了激烈的戰鬥。聯合軍在盆地裡挖戰壕，才讓他們得以在猛烈的砲擊中以龜速慢慢前進。」

「埋在森林裡的碉堡，就是當時的建築物對吧？是聯合軍建造的對吧？」

奇諾說道。男子則訝異地瞪圓眼睛，滿心佩服地說「妳居然找得到啊」。

「沒錯喲。那國家的步兵，還穿了在戰爭期間開發的強化裝甲服。那是利用動力就能夠輔助行動，是類似鎧甲的物品。而且能夠彈開說服者的子彈，持有的武器則是大又強而有力。他們似乎事先就估計好極短的時間，把碉堡埋在戰壕裡，才好不容易熬過敵人的攻擊。」

「戰情很慘烈吧～那麼在那段期間，那個國家的人仍一直相信那是『為了和平所採取的行動』嗎？」

「應該連一秒都沒有懷疑呢。戰死者被拱成是為了追求和平這個至高無上的行為而犧牲性命。那是『必要且高貴的犧牲』，而且那個國家的人們還打從心底仇視前來殺死伙伴的聯合軍士兵。」

「那麼，最後有什麼樣的演變呢？還有——」

奇諾一面用手指著眼前那座湖一面說道。

「為什麼會變成這樣呢？」

男子邊看著湖邊回答：

「那個國家，後來是寡不敵眾——終究還是敵不過聯合軍的人數而被逼到走投無路。最後城牆被團團包圍，還遭到大砲的脅迫，也聽到聯合軍勸他們投降。」

「嗯嗯嗯。」

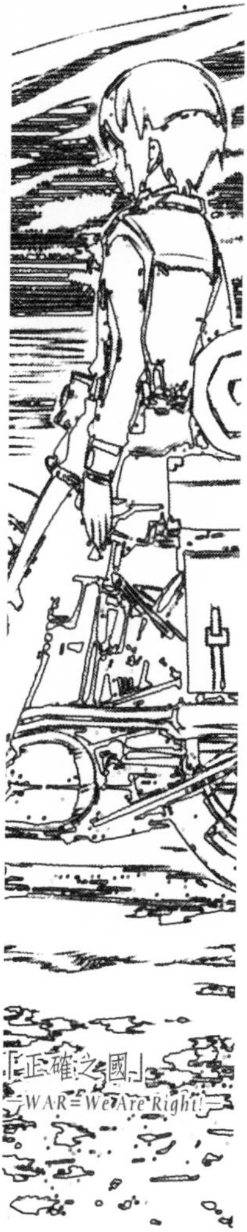


「然後呢？」

「他們拒絕了。『要是向肯定戰爭的殘忍、野蠻生物投降，我們鐵定會遭到虐殺！我們內心仍保有人類的自尊，為了世界和平，不到最後一秒鐘絕不放棄！』——結果得到的是這種回答。當時聯合軍的指揮官在報告上這麼寫的，『聽到那個回答，大家都不知道該笑還是該生氣』。」

男子抬頭望著天空，遙望跟湖水一樣但前方卻空無一物的藍色。他大大地倒吸一口氣，發出聲音說：

「在無可奈何下，聯合軍對國內發動砲擊之後便突破城牆，並殺了抵抗的人們。也就是說……只能夠把他們全殺了。那國家的人們，不僅是老人跟女性，連小孩子都拿起武器反抗。為了要打倒『阻止世界和平的愚蠢傢伙』——聯合軍士兵們不得不殺死跟自己兒女差不多大的小孩，有些人的心理因此受到極大創傷，到死都無法振作呢。」

「這樣——但事情算是解決了呢，只是世界並沒有變和平啦！」

男子面無表情地點頭回應漢密斯的話。

「是啊，事情算是解決了。這中間還花了兩年的時間——不過最後還剩下一件事情要做呢。」

「封鎖那國家的技術對吧？」

奇諾問道，男子簡短地回答「沒錯」。

「但如果是那麼強大的技術，照理說任誰都想要吧？只要得到手就能讓國家變強大喲？只要把它當做『戰果』搶下來就好了啊。」

「若是普通戰爭，或許就會那樣。勝利的一方或許就能得到高額的賠償金，搶奪技術等等。」

「後來為什麼沒那麼做呢？」

奇諾問道。

「因為很諷刺的是，經過一場激戰的國家，變得非常厭惡戰爭。每個國家都不希望因為得到那項技術，而讓歷史再度重演。所以，大家都放棄了。我想那是經過冷靜的判斷喲。結果，為了讓一切當做不曾存在過——」

「就把那個國家給轟掉了，轟隆隆！」

「沒錯。當那國家的屍體全火葬處理之後，從城牆到房屋、武器跟設計圖，全都破壞殆盡。最後還在全是瓦礫堆的地方挖了很深的洞穴，把所有的炸藥埋在裡面引爆。那些是花了一年以上所收集的炸藥。爆炸的威力撼動大地，也炸出巨大的洞穴，一個國家就這麼消失不見了。接著聯合軍在變成荒地的盆地上大量種植樹木，試圖掩蓋那些痕跡。並且開另一條新的道路，為的就是不讓旅行者接近湖泊。」

「原來如此原來如此，這下子森林的謎團全解開了！」

「然後鄰近的國家，還把過去曾存在於此的國家這件事當成不能說的祕密對吧？難怪不管我怎麼問，都沒有人願意回答我呢。」

聽到奇諾這麼說，男子輕輕聳著肩說：

「他們當然不可能告訴妳，因為，大家巴不得忘了那件事喲。就算是學校，歷史課也完全不會教這些事情，也不會告訴子孫。記得的人就會帶著那個祕密進棺材。因為大家，都想把它當做『不曾發生過的事情』。他們不想花心思讓無法理解的人理解那件事喲。」

「原來如此～這樣一來，這座湖的謎團跟神祕國家的真相全搞清楚了——真是可喜可賀啊！」

漢密斯用古早的說法做結尾，但是奇諾——

「我還有一個問題。」

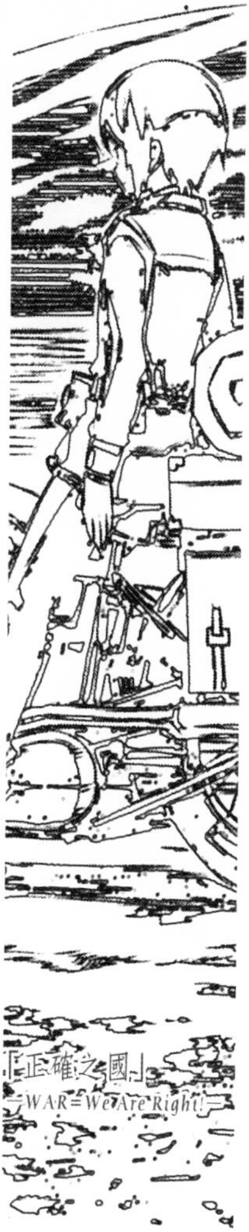

她一面盯著男子看一面問道。

「為什麼你會對那些事情這麼瞭若指掌呢？」

「…………」

男子用四周都是皺紋的眼睛回看奇諾，然後反問：

「妳覺得呢？我想妳心中應該早就有答案了吧？」

於是奇諾立刻回答：

「因為你，是那個國家的人。」

風強勁地吹著，把森林吹得沙沙作響後又吹拂過湖面。

男子半開玩笑地盯著奇諾看。

「為什麼妳會那麼認為？」

「雖然那只是我經過各種狀況所推斷出來的結論——」

奇諾答道。

「首先，你一直用肯定的語氣述說過去所發生的事情。照理說你不應該那麼說的。」

「只有那個嗎？」

「不——你對發生的事情太了解了。我猜聯合軍他們，對歌曲這件事的了解都沒那麼詳細，還有最初毀滅的國家這件事。」

「嗯……不過，妳這些理由還有點弱呢。或許還包括了『套話』吧？」

「這個嘛，那也是呢。」

「妳好誠實哦。」

漢密斯詢問嘻嘻笑的男子說：

「那麼，真相到底是怎樣？」

「其實是正確答案喲——我過去是曾經存在於此的國家的居民。對於歌曲的事情也非常了解。那些金屬板，也是我從以前的國家帶出來的。」

「哇喔！那很酷耶！這表示你是唯一的倖存者囉？」

漢密斯抬高聲音說道。

「這個嘛～可以那麼說呢。」

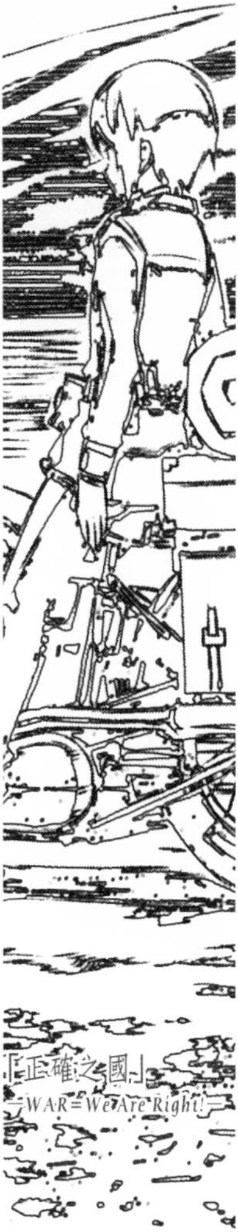

奇諾一度滿意地點頭之後又說：

「只是我想不透，為什麼只有你能逃離那個國家的『想法』，最後倖存下來呢……其中應該有什麼祕訣吧？」

「不愧是熱心研究如何活下來的旅行者呢——好吧，我就回答妳這個問題。我啊～在歌曲流行的時候……也就是極盛時期清醒了喲。只有我一個人『腦筋變得有問題』，所以害怕一直待在那個國家，希望有一天要逃出那裡。其實在遭到聯合軍包圍的時候，我騙長官說要去偵察敵情，結果是跑去投降。」

「原來如此原來如此——然後你以知道內情的線民身分，藏匿在聯合軍那邊啊！」

「沒錯，我出賣了國家。是賣國賊，也是陣前逃亡者。」

男子以自嘲的語氣說道，但表情並沒有變化。漢密斯又用剛才的語氣說：

「這個嘛，先不談那個。結果，那麼做的……不，敢那麼做的，只有大叔你一個？」

「沒錯，只有我而已。」

「為什麼……？」

奇諾並不是在提問，而是因為自己思考的事情而喃喃自語。她思考了好一會兒，在萬里無雲的藍天下沉默了十幾秒以後——

「啊！難不成……」

奇諾似乎發現到什麼，訝異地大叫。男子則是面不改色也不發一語，一直看著藍色的湖泊。

「奇諾，妳有什麼發現嗎？譬如說大叔其實早就死了？或者他是幽靈什麼的？」

奇諾完全不理會漢密斯稀奇古怪的想法，她對男子說：

「該不會是你？——那首詩是你寫的。」

「沒錯。」

男子用今天不曉得說第幾次的話回答。

「那首詩是我作的，就在我還很年輕，還住在那個國家的時候。」

「真想不到！」

漢密斯用真的大吃一驚的口吻說道，然後——

「如果是人類，現在應該已經名氣一飛沖天了喲！」

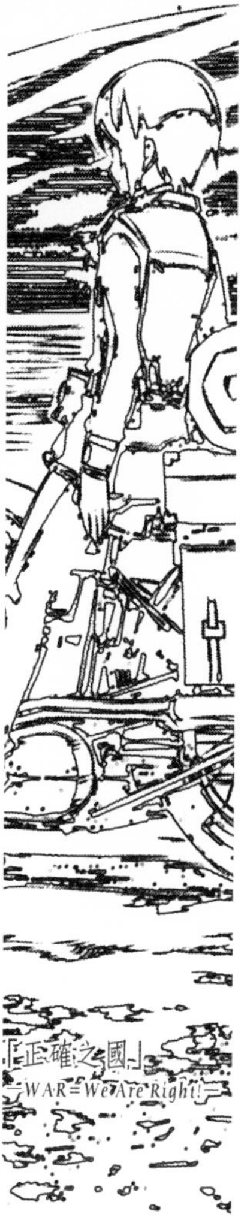

他又補上這句話，但兩名人類都沒有反應。

過了幾秒後，漢密斯問：

「那麼，為什麼？為什麼寫這首詩的你要逃出來呢？」

對於那個問題的答案——

「正因為是我寫的。」

奇諾問：

「當你寫那首詩的時候——也那麼認為對吧？」

「沒錯，我打從心底那麼認為。因為我從小就接受『戰爭是絕對惡』的教育，即『絕不能有一絲絲肯定戰爭的心態，因為不可行的事情就是不可行！』這種連思考或討論都不允許的教育。所謂的教育，其實是很可怕的東西。若要說我在那個國家所學到的，就是『白即是黑，黑即是白』。」

「我明白了。還有要反抗那種思想，是非常可怕的事情。」

奇諾若無其事地說道。

「咦……？妳似乎記性也滿好的呢。不過，關於那個並不在話題裡面喲。」

男子一面看著奇諾一面說道。

「那麼，大叔後來怎麼做？」

漢密斯催促他繼續說。

「我後來認真思考。覺得國外那些不肯放棄戰爭仍持續保有軍備的人是瘋子，是精神異常者，是腦筋有問題，根本不配當人。當時的我，的的確確是那個國家的國民——就這樣，有一天我因為工作上出了很細微的過失，而那微不足道的契機促使我對總是不肯停止戰爭的人們爆發憤怒。我認真思考用詩所寫的事情，但當時已經如你剛剛所說的，只是憑著一時的情緒亂寫一通。那天晚上所發生的事情我沒什麼印象，只記得月亮很美。」

「然後呢？」「然後呢然後呢？」

「我隔天把寫好的那首詩，投稿到政府辦的報社。因為是難得寫出來的東西，覺得只要能在讀者投稿欄被採用就夠開心了，而且還能向周遭的親友炫耀——我的想法就那樣而已。」

男子不露情感地淡淡敘述。

「隔天，我被媒體團團包圍。還被當成寫出絕妙詩詞的天才——老實說，當時我真的很洋洋得意。過沒多久那首詩就變成了歌曲，而且很快就變成國內每個人朗朗上口的歌曲。街道上到處都張

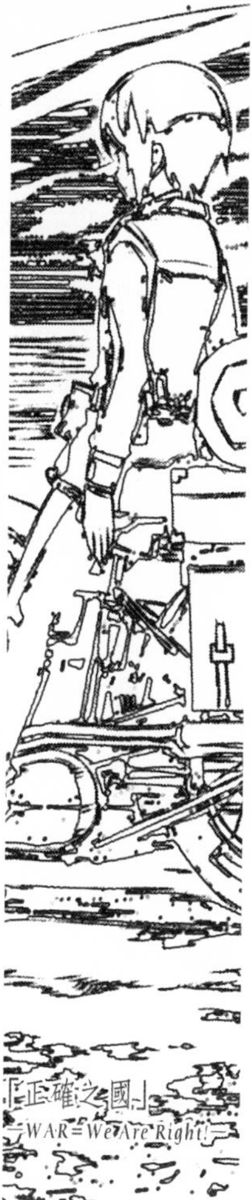

貼著板子，國民齊心一致地每天高歌。就在那個時候，我的情緒開始冷卻下來，也慢慢覺醒。我不知道觸動我變成那樣的直接契機是什麼。」

男子輕輕把頭轉到旁邊。

「我只是……想遠遠離開目前情緒正高亢的人們。反正又不可能改變『其實戰爭似乎是好事』等宗旨，也覺得只要能平定進行戰爭的諸國就是件好事……但是又受到說不出來的惡寒侵襲，結果我在沒有把那件事告訴任何人的情況下繼續過我的生活。只是最後，就像剛剛所說的——我只顧著隱藏『瘋狂』這點，認定再也不能待在這裡了，於是就逃離了祖國——這就是我能夠告訴你們的全部事情。」

「原來如此……謝謝你告訴我這些事。」

奇諾彬彬有禮地向他道謝，男子則輕輕揮手表示這沒什麼好謝的。

「對了對了，既然你覺得『瘋狂』，難道沒有想過在國內做什麼改變嗎？你是作詞者的話，應該有相當的發言權吧？」

漢密斯毫不客氣地說道。

「說的也是呢。因為我被當成作詞者受眾人崇拜，就算跟國家的所做所為唱反調，或許只是把死刑改判成無期徒刑呢。」

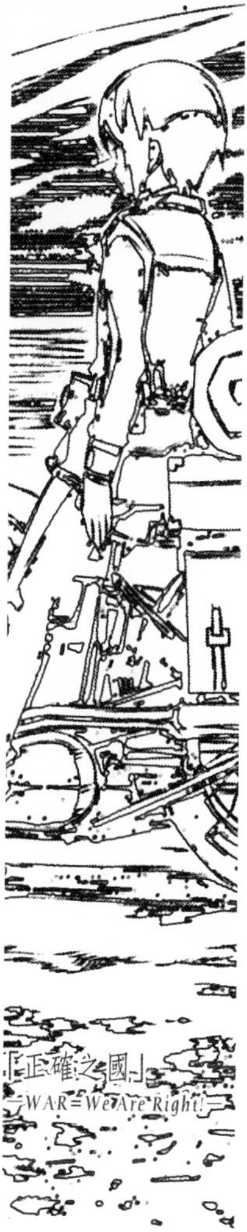


「哇——那就不行了！你沒那麼做是正確的！」

漢密斯輕易就推翻自己的意見。聽到他那麼說的男子開心地輕聲笑起來。

「…………」

奇諾全都看在眼裡。

嘴角仍浮出微笑的男子，面向湖泊又說：

「我拋棄過去，在鄰近國家生活。當一切結束也過了漫長的歲月，我至今仍會偶爾來這裡凝視這片湖水。過去，我曾在這裡『做錯事』。但後來因為發現到了，現在才能像這樣活著。」

男子一度把話打住，然後看著天空與湖泊又說：

「一旦只追求『正當性』，人們就看不到除此之外的事物。畢竟有維持原狀就好的事情，也有做了就無法讓人活下去的事情。若不重視後者，就只會產生悲劇而已。」

「原來如此，非常感謝你。」

「不客氣，不過——」

「這些事情我不會對別人說的。」
聽到奇諾的話，男子笑著說：
「那就好。還有，這是我第一次也是最後一次跟別人說我祖國事情呢。」

停頓短短幾秒鐘，男子對奇諾說：
「剛開始我還以為妳是呢……」
「啊？」「嗯？」
正當奇諾與漢密斯沒搞懂男子的語意時，遠處傳來了引擎聲。那聲音來自森林裡，不久一輛四輪驅動車從距離奇諾他們相當遠的樹林間衝到湖畔。那車速非常猛烈，差一點就衝進湖裡。
四輪驅動車上坐了三個男人，駕駛座上的是年約五十歲的男人，副駕駛座上的是看起來超過八十歲的老人，後座的則相當年輕，是大約二十歲的男子。
在奇諾旁邊的男子站了起來。
「他們是我的客人喲。」
他對奇諾留下這句話以後就往前走。
四輪驅動車朝男子靠近，男子也走向四輪驅動車，不久雙方都停了下來。

奇諾與漢密斯從稍微有點距離的位置觀察情況。

雖然奇諾聽不到他們講話的聲音，但男子對四輪驅動車上的老人說了些什麼。

經過數十秒的對話，兩個男人似乎有了什麼共識，最後雙方輕輕點頭。

男子朝著湖泊前進。當他一站到岸邊就背對四輪驅動車，眺望著藍天與湖泊。

四輪驅動車裡的老人站了起來。在後面的年輕人遞了一挺步槍給他，然後朝剛才跟他們說話的男子背後開槍。

連奇諾都聽到那槍聲。

胸部被大型子彈貫穿的男子，整個人直接倒向湖泊並濺起水花。

然後就再也沒動了。

「嗨～妳是旅行者嗎？」

四輪驅動車在奇諾面前停下來，開車的中年男子笑咪咪地對她說話。

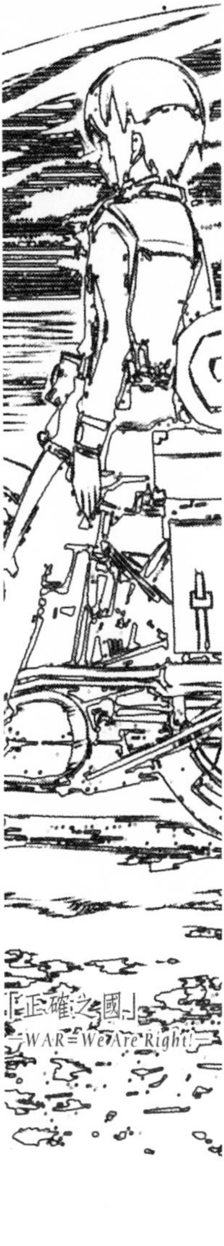

而副駕駛座的老人，則是一副什麼都看開似地面無表情。至於後座的年輕男子，從臉上看得出他內心的緊張。

「是的。」

奇諾語氣堅定地回答。

「妳好像跟那個男的曾講過話……可以請教妳問了他什麼事嗎？」

「我請他告訴我過去曾存在於此的國家的事情。然後，他說你們是他的『客人』。」

「原來如此……妳也知道了啊……老實說，我不希望妳跟太多人講這件事。但又無法強制妳那麼做，這算是『請求』哦。」

奇諾回答「我知道了」以後，換漢密斯詢問：

「大叔你們是在進行報復嗎？」

男子回答：

「我只是司機而已。坐在後面的是我兒子，他跟旅行者你們一樣都只是見證人。真正做了什麼……想做什麼的，只是坐在隔壁的我父親。」

「…………」

奇諾沉默了幾秒鐘之後，轉頭對老人說：

「你就是那個國家被滅的傳令兵對吧？」

老人的身體動也沒動，反倒是他的孫子瞪大眼睛非常訝異。老人他兒子則是跟先前一樣，以冷靜的態度回答：

「沒錯。他跟我父親——對他們兩人來說，今天才是戰爭結束的日子。因為根本就沒有『不曾有過的戰爭』。」

「原來如此啊～」

只有漢密斯回答。

「那麼再見囉，旅行者們。」

說完那句話，四輪驅動車便往前行駛，不一會兒就消失在森林裡。

映著青空的湛藍湖泊，只有男子的屍體在那兒漂浮著。

然後隨著搖擺的波浪，慢慢又確實地沉到湖底。

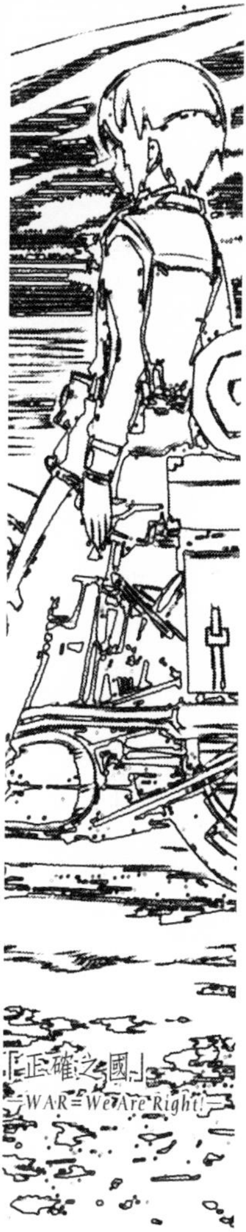

奇諾把茶杯收拾好以後，走向失去主人的馬匹，然後把牠身上的馬具都拿掉。
「儘管到你想去的地方吧。不要有任何煩惱，到自己想去的地方吧。」
奇諾最後對馬這麼說道，然後又走回漢密斯那邊發動引擎。

【出處】收錄在PS2用遊戲軟體（2003年7月發售）「奇諾の旅」所附小冊子裡，把相同標題的小說做了加筆及修正。

## 第十一話

# 「卑鄙小人之國」

*—Toss-up—*

# 第十一話「卑鄙小人之國」

—Toss-up—

這是個秋高氣爽的日子。

在無限寬廣的藍色空間裡，白雲像被撕下的棉花，無聲無息地飄浮著。

在那片天空下有一座公園。位於高樓大廈櫛比鱗次的都市某個角落，建有水池跟人行步道，還有整片綠色的草皮跟多株葉子已轉紅的大樹。

在公園中央有處用石板鋪設的平坦空間，那裡擺放了桌椅，形成寬敞的露天咖啡座。一輛備有廚房設備的拖車型活動房屋開了進來，提供客人暖呼呼的料理。

遮蔽視野的高大建築物在較遠的位置，柔和的光線灌注在露天咖啡座，時有涼風吹拂。許多客人心平氣和地談笑用餐，只有服務生在桌間敏捷穿梭、熟練地工作。

其中一張桌子的旁邊，停了一輛摩托車。是後輪旁邊跟上面，都堆放了旅行用品的摩托車。

那兒是露天咖啡座最邊邊的桌子，而摩托車騎士則坐在椅子上悠閒地喝茶。

騎士是年約十五、六歲的年輕人，有著一頭黑色短髮、一雙大眼睛以及精悍的臉龐。她穿著黑

色夾克，腰部繫著皮帶，右邊掛著插了說服者的槍套。

騎士悠哉地喝茶，然後把茶杯放到桌上，抬頭看著高高的天空。忽然間她吐了口氣——

「好棒的地方哦。」

她喃喃地說道，摩托車問：

「是因為午餐有附茶嗎？」

騎士很坦率地點頭說：

「嗯，那也是原因之一。漢密斯覺得呢？」

叫做漢密斯的摩托車說了一句「這個嘛～」又繼續說：

「當時我們在叉路丟銅板做決定，可見這個選擇是對的呢。果然有歷史的國家，建築物給人很沉穩的感覺，這感覺很不錯呢。等奇諾喝完茶，我們到處去逛逛吧。」

叫做奇諾的騎士抬頭看著天空說「說的也是呢」。

「不過，我還想多享受這悠閒的感覺一會兒，畢竟心情好不容易感到沉靜。」

「那住的地方怎麼辦，奇諾？」

漢密斯在旁邊問道。

「這兒有太多歷史性與排場，而且我也不想住太昂貴的飯店呢。」

「加上這個國家很遼闊，衛兵不是說森林裡有設備完善的露營區嗎？」

「那不是跟平常的生活一樣……我好想沖個熱呼呼的澡，蓋著純白的被單睡覺呢。」

在奇諾與漢密斯繼續對話以前，正好有個男子走過來坐在距離他們七張桌子遠的位置上。他頭髮梳理得很整齊，年約二十五、六歲，一身藏青色的西裝打扮，手裡還拿著一只厚重的公事包。

男子小心翼翼地把公事包擺在腳邊，然後把服務生叫過來點餐。

「那買東西呢？有沒有什麼需要買的東西？」

漢密斯詢問奇諾。

「要買攜帶糧食跟燃料，還有些許液體火藥呢。不過這些東西等最後一天再採買就行，況且城牆旁邊的商家也有賣。」

等服務生離去之後，男子輕輕撫摸公事包。然後站起來，像在找人似地稍稍左右張望。當他的視線望向奇諾與漢密斯，與奇諾眼神交接的那一瞬間突然停止動作，但又馬上一副沒發生什麼事情似地把眼神別開。

接著，男子留下腳邊的公事包離開。他快速從桌子中間穿過，然後背影變得越來越小。

喀！

奇諾把茶杯放在桌上，還剩一半的茶水晃動著。

當奇諾咻地站起來，同時對漢密斯那麼說：

「他是故意的呢。」

奇諾往漢密斯的主腳架一踢，立刻推著他離開露天咖啡座，然後把掛在大燈上的帽子戴上。

「來得及嗎？」

漢密斯問道。奇諾繼續推著漢密斯走了幾秒，然後回答：

「不曉得，不過，那麼大的話……」

「只希望是奇諾妳不小心會錯意呢～」

「你說的沒錯，只不過可惜了那些茶。」

下一秒鐘——

「卑鄙小人之國」
—Toss-up—

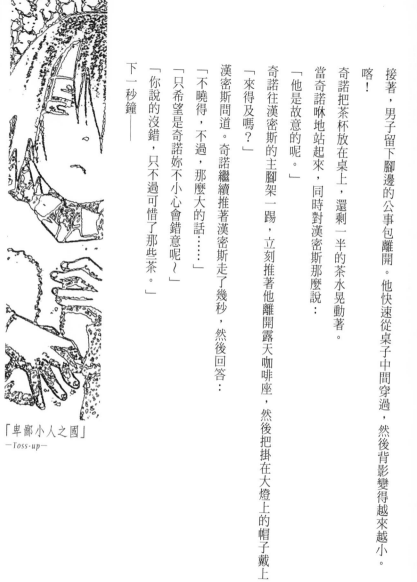

公事包在奇諾後方……在露天咖啡座的中央爆炸了。

在震天價響的警笛聲中，救護車、消防車與警車一輛接著一輛地駛進公園，草皮也不斷被那些輪胎蹂躪。

趕過來的救護人員不斷把呻吟大叫的人們送上救護車，與之後趕來的車輛交錯進出。還有幾名隊員，在過去曾是人類的肉塊蓋上藍色防水布。

警官在分工合作下，有的拍攝好幾張現場的照片，有的小心翼翼地收集炸彈碎片，有的開始訊問周遭的人們，有的阻擋試圖闖入的人們，但還是有媒體闖進來並拚命按快門拍照，於是要把他們全請出去。還有的是在廣場拉起禁止進入的黃色封鎖線，還差點綁在停在現場的漢密斯的載貨架上，結果被漢密斯大罵一頓。

一起救護傷者的中年男子，對在公園的飲水處洗手的奇諾說：

「旅行者特地造訪這個國家，讓妳留下這麼不好的回憶真不好意思。幸好沒有波及到妳呢。」

奇諾讓出水龍頭給對方，然後男子邊洗手邊憤憤不平地罵：

「可惡的炸彈客……又幹這種事了……」

「還沒抓到嗎？」

奇諾問道。

「是啊——是從以前就存在的反政府主義者。說什麼『財富要公平分配，拯救貧窮的人』這種不可能實現的話。只因為得不到理解，這次就在人潮集中的地方放置炸彈。最近逮到他們不少黨羽，因此事件變少了，想不到又開始活動了。」

「都抓不到他們嗎？」

「是啊。他們超會跑的——只是居然把無辜的人們牽扯進來。他們都沒有想過社會會變成什麼樣嗎？那些傢伙，根本就是不敢正大光明一決勝負的卑鄙傢伙。」

男子一面沖洗沾在手上的他人血液一面說道。

一名身穿牛仔褲及黑色短夾克的女子，走向回到漢密斯這邊的奇諾。她大約二十五、六歲。短夾克的胸前與背後都標示著「警察」兩個字，右邊腰際還懸掛著槍套。裡面插著一把三五七口徑的左輪手槍。

「你們是當時在場的旅行者與摩托車對吧？我叫萊雅，是刑警喲。」

奇諾與漢密斯也向她回禮。

「不知道你們是否有看到放置炸彈的男子呢？」

奇諾與漢密斯並沒有立即回答這個問題，萊雅又說：

「沒看到的話就算了，只是你們難得造訪我們國家，卻遇上這種奇怪的事情——」

「我看到了。」「有看到喲。」

奇諾與漢密斯同時回答。萊雅訝異地張著嘴巴沒說話，然後立刻從懷裡拿出幾張照片並攤開來給他們看。

那是一群年齡相仿的男性照片，全都站在背後畫有身高線的牆壁前面。

「那個男的……是否在這裡面呢？」

奇諾看過以後，馬上回頭望向漢密斯。

「的確沒錯呢。」

漢密斯說道，然後奇諾便指著從左邊算起來第二個人。

「嗯，是那個人喲。雖然髮型完全不一樣。」

就在漢密斯說這句話的同時，萊雅的表情一下子變得悶悶不樂，並且馬上把照片收回懷裡。

「謝謝兩位的幫忙。我們警方將要封鎖這裡，請你們從公園離開哦。那我先告辭了。」

萊雅表情僵硬，還用非常制式的語氣說道，然後轉身跑向正圍成一圈討論的幾名警官與刑警那邊。

「……走吧，已經沒有我幫得上忙的地方呢。」

奇諾踢開漢密斯的主腳架，然後開始往前推。

就在他們走在人行步道，步出喧囂的公園沒多久。

「啊，糟糕！」

奇諾說道，漢密斯則是從下方詢問：

「怎麼了嗎？」

「我應該問剛剛那個刑警小姐，哪裡有便宜的旅館。」

隔天早上。

奇諾隨著黎明同時醒來。在有床也有沖澡設備的便宜旅館房間裡，她站在鏡子前面用叫做「卡農」的左輪手槍做拔槍練習。接著把它拆開來維修，然後又放回槍套裡。

「呼哇……對了，妳要的熱水澡呢？」

「早就洗過了。」

奇諾把行李堆放在被敲醒的漢密斯上面，然後離開那間便宜的旅館。

奇諾與漢密斯在擁有許多古老建築物的市區四處走走看看，途中，奇諾突然這麼說：

「我剛剛在報刊架看到，昨天那場恐怖事件，造成三人死亡八人受傷呢。」

「好險哦～」

漢密斯若無其事地說道。

「如果我當時有警告大家……傷亡會不會稍微減少呢？」

漢密斯先說了一句「誰曉得呢？」，又接著說：

「搞不好會變更多呢。妳有沒有看到剩餘的茶水翻倒灑出來的情景？而且，事到如今再講這些也無濟於事喲。」

奇諾喃喃地說：

「的確也是……」

在這國家大約中央的位置有一座湖。

對這平坦的國家來說，是又大又寬闊的湖，而國內的寬大水路就源自於那裡。而湖的四周有紅葉林團團包圍，其顏色倒映在平靜的水面上。

沿著湖畔道路而行，可見零零星星的屋舍。其中有座顯眼的白牆豪宅，所在的位置彷彿突出於湖水上。

「位於森林與湖畔的房子是嗎？在國內能充分享受大自然的洗禮，感覺好優雅呢。最起碼，也不需要擔心野獸或山賊呢。」

「不過，倒是很有有錢人家的氣氛呢。」

奇諾與漢密斯一面前進一面說道。

過了中午，奇諾騎著漢密斯從湖畔的碎石子路進入森林裡。她把漢密斯立起來並坐在旁邊，吃著買來當午餐的三明治，然後趁那段時間煮開水。

奇諾慢慢坐下來並說：
「我要悠哉吃午餐，悠哉喝茶喲。」
「的確沒錯，這裡應該沒有會引爆炸彈的傢伙呢。」
漢密斯說道。

用完餐後，奇諾發動漢密斯的引擎，並且再回頭確認是否有留下垃圾或什麼東西忘了帶走。
正當奇諾準備離開森林轉向馬路的時候——
「有一輛車，速度超猛的。」
卻因為漢密斯這句話而停下來。
有輛車從右側左轉切入眼前的碎石子路，並且高速通過。是一輛跑車型的敞篷車。細碎的石子四處飛揚，還揚起薄薄的塵埃。而車上的駕駛看起來並沒有看到奇諾他們，就這麼揚長而去。
「好危險哦……」
就在奇諾慢慢騎著漢密斯往前走，眼睛仍望著遠離的那輛車。此時在塵埃落定的後面，車子停在某戶人家門前，不久便駛進圍牆的另一頭。
「那麼，我們往這邊走吧。」

就在奇諾讓漢密斯朝那輛車開過來的方向時——

「剛剛開車的，是那個男的對吧？想不到昨天跟今天連續兩天，我們都差點死在他手裡呢。」

漢密斯如此說道，奇諾大吃一驚並馬上停住往前走的漢密斯。

「是他沒錯喲，奇諾。」

「這該怎麼說呢……我到底算運氣好還是壞呢？」

奇諾轉頭往後看並喃喃說道。

「妳打算怎麼做？要報警說我們發現他們的大本營嗎？」

「說的也是呢……」

奇諾那麼說之後思考了幾秒鐘。

「反正我們明天就要出境，這件事跟我們也沒什麼關係……原則上就是通報一下好了。」

「為什麼？」

「搞不好可以得到什麼獎賞呢。」

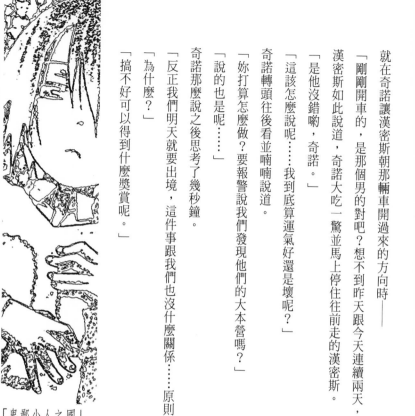

「我瞭。」

然後奇諾發動漢密斯，在碎石子路上邊跳動邊往前奔馳。

道路的左邊是湖，右邊是森林。

他們拐個彎之後沒多久，便進入位於湖畔的雜貨店。

「就是妳報警的是嗎？謝謝妳！」

與中年刑警一起下車的萊雅，一看到奇諾跟漢密斯就那麼說。

好幾輛趕來的車子，停在奇諾借用電話的店家前面。其中一輛載了警官的巴士，車窗還嵌了鐵格窗。

從車上下來的刑警們與奇諾走進森林，他們偷偷從樹叢後以望遠鏡窺伺轉角前方。從拉上的窗簾縫隙可看見室內透出的燈光。

此時眾人先回到車上。

「妳確定是那棟房子沒錯？要是搞錯的話，可不是道歉就能夠了事哦！」

西裝筆挺的中年刑警用沒什麼禮貌的語氣問道，奇諾點了點頭。至於漢密斯則補上一句「如果人還在裡面啦」。

不久一名警官跑到刑警這邊，報告說已經確認那棟別墅的主人目前正在其他地方。那兒並沒有租借給他人，他本人也許久沒使用那棟別墅了。

好不容易刑警說：

「很好，剩下就是我們警方的工作，接下來你們就不用管了。」

結果刑警連一句像道謝的話都沒說，就往警官隊待命的巴士走去。

萊雅則隨後追上。

「妳也待在這裡。」

回頭的中年刑警如此說道。

「為——為什麼？」

萊雅跟中年刑警爭論了一會兒。她強硬主張要跟準備衝進去的警官們一起行動，但中年刑警卻駁回她的請求。

「不要讓我老是講同一句話！菜鳥女刑警在現場只會礙手礙腳！」

「可是我——」

「妳給我待在這裡就是了！」

中年刑警以嚴厲的口氣說完那句話，便跟其他警官們開始做準備。大約十五人的警官隊穿上防彈背心，並且幫連發式的長步槍裝填子彈。

「那個……萊雅小姐。」

奇諾從後方推著漢密斯走近杵在原地看著同僚做準備的萊雅，不過這時候她回頭了。

「警方打算要包圍、衝進那棟房子嗎？」

「咦？是的。旅行者，目前情況很危險，請你們待在這裡哦。」

「我是那麼打算啦，可是……」

奇諾欲言又止的，漢密斯則從下面念念有詞地說：

「妳就把要講的話大致講一下吧？」

奇諾簡短地說「你說的對」，然後對萊雅說：

「我猜你們警方打算從森林接近，但如果想一口氣進行突擊，我覺得警官的人數太少了，最好還是多調派人手過來支援比較保險。」

「咦？」

萊雅回頭看著奇諾。

「而且，那些步槍太長了，不便於衝進屋內使用。最好是分成負責掩護的步槍小組，跟持掌中說服者的突擊小組。否則很可能因此造成人員傷亡，導致行動失敗呢。」

穿著防彈背心的中年刑警也聽到她那些話，他的心情很明顯……根本就一副非常不爽的樣子。

他走向奇諾與萊雅兩人及漢密斯這輛摩托車——

「而且——」

「少囉唆！這是警方的工作！外行人少在那邊插嘴——萊雅，妳把那個旅行者顧好！並且站在旁邊看！」

然後對著話還沒說完的奇諾，以及站在她旁邊的萊雅大罵。

「反正，早就料到會這樣了。」

「……該說的我都說了，就別再多管閒事了。」

「…………！」

萊雅回頭看那麼說的漢密斯與奇諾並瞪了他們一下。

她張口原本想說些什麼，但又馬上搖著頭說：

「想不到害旅行者你們掃到颱風尾……真是抱歉呢。」

中年刑警準備就緒並向警官隊發號施令。

說他懷疑裡面可能潛伏了幾個……最多大約四名的恐怖份子。要大家從森林接近並包圍那棟房子，然後再伺機衝進去。還說自己完全不期待順利逮捕已經殺了許多人的他們，就算把房子破壞殆盡也要殲滅那群人。

接著警官隊進入森林。

萊雅什麼事也沒做地站在原地一會兒，但不久她開始出現明顯焦慮的情緒。她搖了好幾次的頭，並且踢著腳下的碎石子。

「…………可惡！」

然後她突然從車子裡拿出防彈背心，穿在夾克裡面。接著確認位於右腰的左輪手槍的子彈，把它拿在右手之後，便沿著左邊的森林慢慢往前走。

至於孤伶伶被留在原地的一人與一輛摩托車——

「怎麼辦？刑警小姐走掉了喲。」

「……我們是否可以不用再待在這裡呢？」

「不曉得耶～對了，反正難得有這個機會——」

漢密斯說道。

「要不要偷偷在旁觀摩，看看奇諾的說法是否正確呢？如果是在道路旁邊接近轉彎的地方，應該不會清楚看到我們喲。」

「嗯——……」

這裡是遠遠看得見湖畔那棟房子，也是轉彎處的頂點。

萊雅彎著身體躲在森林的樹木後面，她緊握著左輪手槍並盯著那個房子看。然而那房子卻啥事也沒發生，靜靜地矗立在湖畔。

這時候有人從後面叫她。

「還沒嗎？」

「還沒喲。」

萊雅立刻回答，不過她嚇得馬上回頭。

原來奇諾推著漢密斯離她很近，就在道路與森林的交界處。

「沒必要那麼緊張吧？」

漢密斯悠哉地說道，接著奇諾則說：

「我算是不請自來，為了萊雅小姐的監視不得已而跟過來，結果怎麼樣？」

「…………」

萊雅不發一語地看著奇諾好一陣子之後，突然「呵！」地忍不住笑出來。

「謝謝你們的關心。」

奇諾把漢密斯稍微往前推，讓自己看得到那棟房子，然後蹲在萊雅旁邊。

這時候萊雅看著眼前的房子並且說：

「旅行者，妳剛剛曾說突擊行動很可能會失敗對吧？」

「我的確說過。」

「那樣的話，他們是否有可能逃往這條路呢？」

「……」

奇諾沉默了一下下，然後問：

「妳無論如何都要親自逮捕那個男子的原因是什麼呢？」

這次換萊雅沒說話，然後——

「傷腦筋耶～」

她那麼喃喃說道。

「那個是，祕密。事情結束後我或許會告訴妳，倒是——妳覺得呢？」

萊雅想知道剛才那個問題的答案。

「這個嘛～應該是不無可能，不過——」

「不過什麼？」

「如果是我，我會把那棟別墅當大本營是有其他理由的。」

奇諾如此說道，正當萊雅轉頭看她的時候，房子傳來一聲槍響。

然後，又立刻轉變成激烈的槍戰聲。宛如巷子裡放鞭炮的清脆聲音不斷響起，還看得見子彈反彈在屋內牆壁的煙霧。接著，警官隊從道路一起衝向房子並躲在牆壁前面。

「什麼？不是應該很順利嗎？」

萊雅用半期待半失望的語氣說道。

「真是那樣就好了……」

奇諾說道，漢密斯則接著說：

「因為，對方不是炸彈客嗎？而且這房子不是在湖畔嗎？」

「沒錯，我剛剛沒機會說，如果我是恐怖份子——」

警官隊已經一起衝進屋內。

就在這時候，房子爆炸了。

牆壁與屋頂隨著熊熊列焰被轟得遠遠的。還在道路上的警官也被轟飛，從萊雅的視野裡消失不見。緊接著是稍晚一點發出來的低沉又長的爆炸聲。

「…………」

萊雅嚇得目瞪口呆，此時奇諾以冷靜的聲音繼續說：

「我就會那麼做……然後屋簷下有船喲，再利用它從湖泊逃走。」

「！」

萊雅往湖泊那邊看，發現從突出到湖水的房子下方出現了一艘馬達船。而且船首揚得高高地往前駛出。

馬達船劃破映著紅葉的白浪朝湖泊中央前進，然後往奇諾他們所在的地方疾駛。很快就看到上面搭乘了一個男人，而且——

「又～是那個人喲。」

正如漢密斯所說的，是昨天那名放置炸彈的男子。萊雅一度皺起眉頭，然後躲到樹木後面。

船從奇諾他們面前離去，就在那時男子跟奇諾四目交接，臉上還露出開心的微笑。

男子放開掌舵的右手，握著掌中說服者往旁邊伸出去，對著奇諾開了一槍，結果子彈還沒看出往哪邊飛就消失得無影無蹤。

「啊——奇諾被開槍了。」

漢密斯說道，奇諾則一面回看對方一面說：

「畢竟距離這麼遠又在船上，若只是靠掌中說服者，對方也無法打中我喲。」

「妳還真捨不得呢——！」

不過漢密斯講這句話的時候，一副很開心的樣子。然後男子往前看，船則留下白色的軌跡，伴隨著清脆的引擎聲變得越來越小。

「…………」

萊雅只是愣在原地目送它離去。混入水面反射景象的馬達船，很快就看不見了。

「可惡！」

走到道路的萊雅邊罵邊踢腳下的石頭。

這時候奇諾問：

「……你的意思是『不服輸』嗎？」

「不不不，我是說妳『捨不得』妳的才華跟子彈。」

漢密斯答道。

隔天，也就是奇諾入境後的第三天早上。

奇諾隨著黎明醒來，結束平常的訓練之後，便把握難得的沖澡機會梳洗乾淨，然後穿上昨晚洗乾淨也晾乾的襯衫。

奇諾行李整理好並綁在漢密斯上面，當一切準備就緒，窗外呈現的是日出前的晴朗天空。

她一度走出房間，然後有所顧忌地敲這家便宜旅館的隔壁房門。

過了一會兒，睡眼惺忪且頂著一頭亂髮的萊雅把門打開了。

「啊啊，早安……妳真的起得很早呢。」

在狹窄的房間裡有張床鋪，旁邊還停放了漢密斯。

奇諾坐在床上，穿著跟昨天一樣服裝的萊雅則坐在椅子上，幾乎快碰到漢密斯。然後兩人——

「我實在不喜歡耶——真是的！」

把那麼碎碎唸的漢密斯載貨架上的行李袋當桌子吃起早餐。托盤上分別擺了麵包盤、濃湯與茶杯。還有果醬跟奶油瓶。

「說好的喲。」

奇諾一面撕麵包一面對萊雅說道。
在自己的麵包上塗果醬的萊雅——
「嗯?——啊啊,對喔。我都給忘了,我說要邊吃早餐邊對妳做全部的說明呢。」
她那麼說以後就把麵包塞進嘴巴咀嚼,然後嚥下肚子。
「不過,我猜妳應該大致看出來了——我沒說錯吧?」
奇諾喝著茶杯裡的茶,並馬上輕輕點頭。
「是那個男的沒錯吧?」
萊雅對漢密斯簡短回答「沒錯」,然後用膝上的手帕擦拭沾在手上的麵包屑。
「你們前天在中央公園被他看到,然後昨天,在大本營也被他看到。在這個國家,每個人都能夠藉由電話得知旅行者的入境情報,與預定出境日、預定出境的城門等等資訊。」
「所以我們,很可能會遭到報復。」
「是的,而且不是『或許』哦。昨天他開的那槍,意思是『我絕對會殺了妳』喲。所以你們的處境很危險。」
萊雅斬釘截鐵地說道,然後喝她的濃湯。
奇諾把麵包沾過果醬以後送進嘴巴裡,漢密斯說:

「因此，請好假的刑警小姐要陪著我們到出境為止？」

「昨天那場爆炸有一名警官殉職，也造成許多人受傷……那個講不聽的刑警則是骨折。目前這案子轉交給更高層處理了，已經無法當做普通案件處理——」

「而妳也無法親手逮捕那個男人。」

奇諾說道，萊雅則是露出銳利的眼光點頭回應。

「可以問妳非要親自逮捕他的理由嗎？」

奇諾把麵包吃光光，然後邊說話邊拿起湯杯。這時候萊雅的眼神與湯杯貼在唇上的奇諾交接。

「…………」

萊雅什麼話也沒說，奇諾則開始喝她的濃湯。

等她把湯喝完，萊雅才開口說話。

「簡而言之，因為我們是朋友哦。」

「……」「……」

「我還沒跟你們提起對吧？我知道了——我跟他是在同一個村子長大的，因此交情很好，也是青梅竹馬。我們在貧窮的農村常常玩在一塊，一直到幼年上學為止呢。」

奇諾靜靜地喝茶，漢密斯一面扮演好餐桌的角色，一面靜靜聽她說。

「後來我跟家人搬到都市，跟他有一段日子沒見過面。所以，等我知道他成了無法控制的炸彈客時，已經當警官了。可以的話——不，我說什麼都想親手逮捕他喲。再這樣下去，他會被射殺的。這樣有沒有回答了妳的問題呢？」

「有，非常謝謝妳的回答。」

奇諾說道，但是又補了一句「但如果抓到他，不是會被處以死刑？」

萊雅有點開心地笑著說：

「這個國家並沒有死刑的制度，而且一生最多只能處以五次的無期徒刑。」

「也就是說，逮捕他是唯一讓他活下去的手段囉——」

「沒錯，他的父母都還健在。只要他活著……最起碼還能夠面會。雖然他害死了很多人，我知道那些人的遺族巴不得他能夠死掉……我也知道這麼做很自私……可是，不管怎麼樣，我都想親手逮捕他。」

「原來如此，我明白了。雖然我明白妳的用意，但是……」

奇諾欲言又止的，於是漢密斯代替她把話講明。
「那麼粗暴又危險的男人，有那麼簡單抓到嗎？」
萊雅立刻回答「我不知道」。
「雖然我不確定……但他並不知道我是警官。」
「…………」
奇諾沒有說話。漢密斯則是「嗯——」地回應。
「那麼，今天妳預定做什麼呢？雖然我很礙事，但要到哪兒我都奉陪哦。」
萊雅問道。
「我們馬上要出境喲。」
奇諾如此回答。
「妳有什麼打算，奇諾？」

趁萊雅回自己房間整理行李，漢密斯馬上小聲詢問。
奇諾想了幾秒鐘之後，看著漢密斯說：
「如果我們真的被追殺……警方應該也不希望在國內製造出什麼麻煩吧？若有警官陪在旁邊，問題可能多多少少會變小。一旦有什麼問題發生，兩個人總比一個人還要來得妥當。只要能夠順利出境，當然就沒什麼好拒絕的。」
「知道了。不過，我們幾乎是誘餌喲？」
奇諾點了點頭。
「我知道，不過——」
「不過什麼？」
「也就是『永遠不可以大意』，況且對方或許不只一個人呢。」
「？」
「就算是這樣而搭乘卡車，未免太過分了吧。」
漢密斯不滿地碎碎唸。
「這個嘛～但是跟騎摩托車比起來，如果遭到狙擊，奇諾也比較容易應對吧。」

遼闊的國家裡，一輛農業用小卡車行駛在夾在森林與農田中間的農業道路上。漢密斯被擺在滿是泥土的載貨台上，用繩索固定住。

左邊的駕駛座是穿著粗獷的夾克，好像要去健行的萊雅。衣襬很長，蓋住她腰際的槍套。左手肘則擱在打開的窗框上。

至於右邊的副駕駛座，是坐著穿了黑色背心的奇諾。她始終把右手擺在靠近車門旁邊的「卡農」的槍托位置。

早上的天空非常晴朗，紅葉也顯得特別美麗。卡車背對著朝陽，緩緩行駛在略寬但毫無交通流量可言的道路上。

「小時候——」

忽然間，萊雅開口說話了。

「我常常跟他玩在一塊，因為村子裡沒什麼跟我們年紀相仿的小孩。」

「那是個小村莊嗎？」

「卑鄙小人之國」
—Toss-up—

奇諾問道，萊雅有些訝異地看了奇諾一眼。

「是的，沒錯喲。那裡是再怎麼說也稱不上是資源豐富的土地呢。畢竟這國家很遼闊，因此存在著各式各樣的地方。」

萊雅盯著前面看。這道路彷彿沿著左邊寬廣的森林區塊建造似的，忽左忽右彎彎曲曲地延伸。至今還沒看到城牆。

「然後，說到當時我們玩的遊戲……」

萊雅苦笑地嘆了口氣。

「？」

「很諷刺的是，我們是拿玩具說服者互擊對方呢。我們非常嚮往當時很受歡迎，描寫開拓時期的時代劇電影，所以常常玩這樣的遊戲。就是那種把硬幣往上彈，等它落下來就拔槍射擊。」

「那麼，是哪一方贏呢？」

漢密斯從載貨台大聲詢問。

「咦?你聽得到啊……?這個嘛，大部分——」

「是妳贏嗎？」

「我輸了。雖然還不至於每次都輸，但『就是』沒贏呢。」

萊雅如此回答，漢密斯則說「那妳根本就不行嘛！」

「我真的很不甘心。雖然做了好幾次快速拔槍的練習，但就是沒用。硬幣掉下來以後，他的反應總是比我快上許多。當我在警校握住真正的說服者時，一想到那件事就拚命練習呢。」

「那現在呢？妳會贏嗎？」

漢密斯問道。

「我不知道。」

萊雅回答。

路邊有一家小店。是為了服務附近村莊而開的雜貨店，還連繫著細長的電線與電話線。

那兒相當接近國家西邊，隱約看得見在森林那些樹木後面的城牆頂端。

奇諾左手拿著簡單的飲料，站在停止的卡車旁邊盯著道路看。這條路連一輛車都沒有經過。

不久萊雅從雜貨店小跑步回來，表情看起來有些複雜。

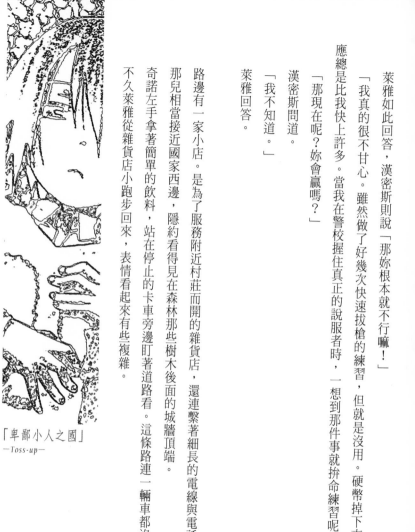

「我從總部那兒得知他還沒有被抓到，也沒有他的下落……」
「是嗎？不過，我們再過沒多久就出境了呢。」
奇諾說道。萊雅則笑臉盈盈地對著奇諾說：
「只要你們能平安出境就好，到時候我再想其他方法——趁這個時候我先說一下，謝謝你們的幫忙。」
奇諾回答：
「不客氣。不過，要道謝還太早喲。」
他們一離開雜貨店，就進入道路變窄的森林裡。原本散落在寬廣森林左右兩側的落葉，被卡車捲起而四處飛舞。
過了一個彎以後——
「嗯？」
萊雅把車速放慢。
原來前面停了一輛把道路佔去一半的卡車，冒著煙的引擎蓋是打開的。
「………」

萊雅緊張地用力握方向盤，但不一會兒從卡車後面走出一名男子。

「啊……搞什麼啊！」

萊雅吐了口氣，那是穿著農業用工作連身服且長滿鬍鬚的老人，對方一看到他們的卡車便用力揮手。

萊雅把車子駛近那輛卡車，並從車窗探出頭大喊：

「老爺爺，不好意思請你讓路好嗎？這樣我們過不去耶！」

但老人沒有說話，只是拚命揮手。

「真是的！」

萊雅不悅地罵了一句，並拉起卡車的手剎車。就在那一瞬間，一名男子出現在卡車旁的老人身後，並從後方把老人打昏。接著馬上大喊：

「妳們兩個人都不要動喲！」

是前天跟昨天都逃之夭夭的炸彈客，他全身上下穿著黑色服裝，右腰佩帶著槍套。然後——

「誰敢動，我就轟掉她的腳！」

他高舉的手上握著像無線電的物體，還有細長的天線突出來。

「無論我按下按鈕，或是這玩意兒掉到地上，卡車下面的炸藥就會——不需要我詳細解釋，妳們應該都知道會怎樣吧？如果想對我開槍，就儘管來吧！」

男子邊大聲咆哮邊走近卡車。

「…………」

萊雅的右手慢慢從方向盤移動到腰際。

就在那個時候！

「要不要先下車？在還沒開槍前應該不會有事喲，反正先跟他說說看吧。」

奇諾說道。萊雅剎那間訝異地看著她，然後輕輕點頭。

此時兩人下了卡車，男子則自信滿滿地走過來。不過——

「好久不見了，托魯斯。」

「！」

萊雅的話讓他臉色大變並且愣在原地，與奇諾、萊雅站在路中央，形成對峙的畫面。雙方處於不用大聲喊叫都聽得到對方說話的距離。

「妳是萊雅嗎……真叫人想不到呢……妳怎麼會在這裡？妳在做什麼……？」

萊雅慢慢把夾克右下襬往後拉開，露出繫在牛仔褲皮帶上的槍套與警徽。

「我當上警官了，現在是首都警察的刑警。」

「…………」

男子瞪大眼睛說不出話，現場寂靜無聲地過了幾秒鐘。

「我真是不敢相信呢……不過沒關係，反正我要找的人不是妳。」

然後他狠狠瞪著奇諾。

「那位旅行者，可以跟妳談談嗎？」

「我不要。」

奇諾立刻回答。男子氣歪了臉，並搖晃右手與天線說：

「什麼？妳想跟卡車一起被轟掉嗎？」

「那不過是虛張聲勢罷了，你才不可能那麼做呢！」

這次換漢密斯從載貨台說道。奇諾接著他的話繼續說：
「你之所以想追殺我們，應該有兩個理由。第一是報仇並把我們炸死。但你若有心那麼做，應該早就做了吧？所以應該不是那個理由。另一個則是──」
萊雅看著奇諾，奇諾則繼續說：
「搶走漢密斯。然後假扮成我的模樣逃到國外，你想要的是漢密斯，因此不可能引爆的。我看連那個引爆裝置，都是假的吧。」
奇諾淡淡地說道。萊雅訝異地看著奇諾，男子則歪著臉露出笑容。然後，把手上的裝置忽然往旁邊一丟。
「啊……」
那個物體就在萊雅的注視之下，掉到路面並一度「嘎唰」地反彈。
「嘿嘿，真是敗給妳了。那妳為什麼不馬上開槍打我呢？難道妳腰際那玩意兒是裝飾品？」
「畢竟我人還在國內，加上你也還沒拔槍。況且，我還得對昨晚幫我出旅館費的人感恩呢。」
「啥？」
奇諾看了萊雅一眼，萊雅點頭示意後往前走一步。
「我們稍微談一下吧，托魯斯。」

「有什麼事？」

「我打算以你有多到說不完的嫌疑將你逮捕。」

「啥？」

「我要逮捕你，讓你接受司法審判，進監獄服刑——」

「我才不要咧！」

「上級有發布看到你就開槍射殺的許可喲，托魯斯。再這樣下去，你遲早會變成蜂窩的。」

「所以妳特地跟旅行者在一起嗎？……真是敗給妳了。」

男子以誇張的表情表現內心的訝異，接著萊雅問他：

「怎麼樣？」

「什麼『怎麼樣』？妳打算說服我嗎？」

「沒錯，你覺得呢？」

「妳知不知道？無論什麼樣的場所或哪個時代，最後的爭論都是靠暴力解決哦。我們雙方腰際都掛了沉重的傢伙，所以應該靠它來做決定吧？雖然我對妳並沒有任何怨恨啦。」

「說的也是——那麼，用這個決定怎麼樣？」

然後萊雅提議兩人在這裡，以硬幣落下的那一瞬間拔槍射擊的方法做決定。

男子沉默了兩秒，第三秒的時候本來想說什麼而動了嘴巴，但後來卻笑了出來。

他笑了好一會兒。

「那個提議不錯！哈哈哈，這提議很好！堪稱傑作！好吧——！不過，妳曾經贏過我嗎？」

萊雅說：

「這時候我才跟你說真話，其實我，一直以來都是故意輸你的喲。因為我不想傷你的心。」

「少蓋了妳！妳以為我會怎樣嗎？」

「哎呀，我是說真的喲。真是不好意思呢。」

「馬上就見分曉了……」

萊雅慢慢脫下夾克，毫不猶豫地往路上一丟，即便會弄髒它。

「我要逮捕你，並送你到醫院。屆時你要忍痛哦。」

「我要打倒妳並逃走，這次是玩真的，就算沒命也不要怨我哦。」

在紅葉森林裡，有宛如電影般站在路中央對峙的兩人，以及退到卡車旁邊的奇諾。

萊雅從左邊口袋拿出一枚硬幣。

然後用大姆指把它彈得高高的，只見硬幣在兩人之間邊迴轉邊高高往上彈。

男子的眼神盯著硬幣看。

萊雅的眼睛並沒有看硬幣。

她把右手伸向槍套，拔出左輪手槍。

當硬幣升到最高點的時候，萊雅開槍了。

子彈命中了被萊雅的動作嚇到，而連忙拔出說服者的男子心窩。

「嘎！咕啊啊！」

他倒地痛苦掙扎，硬幣發出清脆的聲音落在地上。

萊雅迅速衝向男子那邊，並把落在他右邊的說服者踢開。

「妳、妳這傢伙……」

仰躺在地的男子，一面瞪著萊雅一面痛苦呻吟。萊雅則邊用兩手把槍口對準男子，邊回答他：

「反正你跟我一樣都穿了防彈背心對吧？所以你是不會死的。腹部很痛嗎？真的很抱歉呢。」

「妳的手法真是卑鄙……妳這個卑鄙小人……」

「你沒有資格說我哦！」

萊雅若無其事地回嗆他。男子後來因為痛得受不了，頭用力一垂就失去意識。

此時萊雅回頭對奇諾說：

「旅行者，謝謝妳。現在已經不需要妳的幫忙了，趁事情還沒變複雜以前出境吧，城門就在前面不遠處喲。」

「好的，那我們出境了。我把漢密斯卸下來喲，對了——」

「嗯？」

「等我們到了城門那邊，會幫妳向警方請求支援的。我會跟他們說妳已經逮捕到那名男子。」

「…………說的也是。若妳能那麼做，可就幫了我很大的忙呢。」

「那我知道了。」

奇諾那麼說並回頭往卡車那邊看。萊雅繼續看著奇諾，並且把自己的左輪手槍對準她。

此時森林裡，響起了槍聲。

摩托車奔馳在森林與草原的道路上。

「妳還真捨得呢，奇諾。」

「嗯？——是啊。」

「我知道妳一點都沒有大意，但最後是怎麼辦到的？」

「全靠卡車的擋風玻璃。」

漢密斯小聲地說「原來如此啊」。

「老實說，漢密斯。」

奇諾說道。

「那個國家相當美，我本來打算再多留一會兒，等傍晚再出境呢。」

「真是想不到耶。」

漢密斯說道，正午的太陽在天空閃耀著。

「卑鄙小人之國」
—Toss-up—

「所以，真應該拒絕刑警小姐的邀約呢。」

「既然這樣，妳怎麼沒那麼做呢？而且，妳大可不必到最後像那樣試探她，甚至不要理那兩個人啊！」

對於漢密斯的質問——

「第一個原因是，有多出來的住宿費跟餐費。第二個原因是，要報那杯茶的仇。」

奇諾如此回答。

草原響起順暢的引擎聲，漢密斯沉默了好幾秒之後——

「看來妳早已經突破『天生窮命』的性格呢，奇諾。」

用相當訝異的語氣那麼說，然後又接著說：

「要是聽到妳那些說法，我猜那位刑警小姐鐵定會對妳這麼說喲。」

「嗯？她會怎麼說？」

「她會說——『妳這個卑鄙小人』！」

「啊哈哈！」

隔天。

那個國家的報紙，全都以整版頭條報導。

那是過去讓全國人民陷入恐慌的男炸彈客，已經被逮捕的新聞。

男子在西城門旁沒什麼人煙的森林裡被農夫發現，接著被趕到的警察逮捕。穿了防彈背心的他腹部中彈並失去意識，而且被人綁在樹上。目前正在調查到底是誰幹的，但如此一來，大多數的市民應該都能夠回歸安穩的生活呢。

然後很奇妙的是，在同一個地點還發現到一名女刑警也被人綁在樹上。

搜索其住家發現，她跟那名男子是同鄉，而且接受他家人與村民的委託，打算把男子藏匿在村子裡，好讓男子規避無期徒刑的刑責。

她也立刻遭到逮捕，但一直保持緘默。這次的醜聞造成警方極大的衝擊，責任的追究問題將無法避免。

她的防彈背心中了非男子射擊的子彈，但究竟是誰那麼做並把她綁在樹上，至今仍查不出來。

「卑鄙小人之國」

—*Toss-up*—

序幕

# 「在朝陽中・a」

—*the Dawn・a*—

# 序幕「在朝陽中・a」

## — the Dawn・a —

「護衛的工作是嗎？」

「沒錯喲，奇諾。我就是看上妳那厲害的槍法，以及女性這點。我希望妳能夠當我跟兩位伙伴這一路上的護衛，因為大家都是女性喲。」

「工作的內容是……？妳們準備去哪裡呢？」

「我們要離開這個國家，專心攀登東邊的山岳地帶。」

「妳們要怎麼攀登？一旦往高海拔移動，森林裡全積滿雪喲？」

「我們有配備履帶的雪地履帶車，那是唯一能夠攀登雪山的車種。而且有一條通往東邊的路線開通了，我們將往那邊走。」

「然後呢？」

「然後，我們將前進山岳地帶及山谷之間。如果一切順利的話，可以在單程不到三天的時候就能通過雪原地帶，然後再折返。總之最短七天，最長是十天的時間。」

「即使那是危險到需要有人護衛的行動，妳們也執意要做？」

「原則上這一帶並沒有什麼山賊，但山上有灰熊與雪豹出沒。好幾名旅行者被牠們吃掉，因此這個國家嚴禁一般徒步或騎馬進入山區。即使是駕駛雪地履帶車，也附帶必須有一名步槍槍法高竿的護衛同行這種條件。既然妳是習慣在野外生活的旅行者，再也沒有比妳更好的人選了。更何況，我們大家都是女性呢。」

「原來如此……所以才會找我……」

「沒錯喲！當我們得知奇諾妳的事情，當下就覺得『非常符合我們條件的人選出現了』！奇諾妳明天預定要出境對吧？我們可以配合妳一起出發喲。」

「妳們都準備好了嗎？」

「早就準備好了！我們從十年前就開始存錢，練習駕駛雪地履帶車。剩下就只等雇用到護衛就可以出發了。」

「妳們在這國家都找不到合適的人選嗎？」

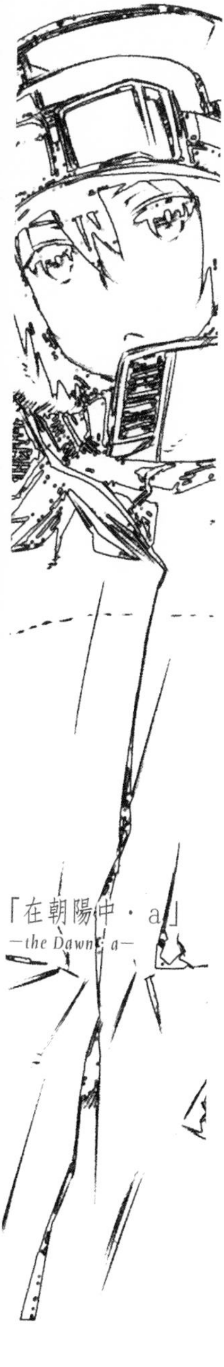

「很遺憾的是，如果是男性，那的確多得是呢。」
「原來如此。」
「我們支付給妳的酬勞是燃料及糧食等物品，至於護衛期間的三餐及彈藥也都由我方提供。」
「姑且先不提那些，我還有個很大的疑問。」
「請說。」
「我的伙伴怎麼辦？」
「妳說摩托車是嗎？妳可以暫時放在這個國家，如果不願意的話，可以移到雪地履帶車一起載著走，反正載貨台很寬敞呢。」
「原來如此。既然妳這麼說的話，這個問題應該是能夠解決。畢竟留在這裡逕自與妳們同行，他一定會抓狂的，所以應該是不可能把他留下來。」
「妳願意接下這個工作嗎？」
「我還無法給妳確切的答覆。不過，我可以先聽聽看妳們的計劃並讓我看看路線圖，屆時我再考慮看看。」
「謝謝妳！那麼，約明天中午在妳投宿的飯店見面怎麼樣？我把大家都帶過來，也會把計劃書一併帶來的。當然啦，午餐我請！」

「那我知道了，我會等妳們來的。對了，我還想再問妳一個問題——」

「所以，明天中午要跟對方討論相關事宜。」

「這樣啊——奇諾妳覺得ＯＫ，我就沒問題喲。體驗一下雪地之旅也不壞，偶爾讓人家載著走也不賴。」

「我還沒決定喲，要等談過再說。」

「倒是那些人費盡千辛萬苦，甚至花十年的時間存錢要到東方的雪原，到底是想做什麼啊？」

「我也是在最後才問那個問題，因為我覺得那裡是什麼也沒有的地方。」

「結果對方怎麼回答？」

「其實我也嚇一跳喲，漢密斯你也會嚇一跳，而且被她的答覆打敗。」

「喔～那麼，她的回答是什麼？」

「是『日出』。」

「什麼？」

「那些人想看日出。她說就算這輩子只有一次機會，但就是想看看從大地升起的太陽。」

「啥？這個國家——這個嘛～的確是看不到呢。」

「沒錯。這國家的東邊是綿延的山區，早上可能是整年起霧的關係吧，因此總是在下雨。所以這國家的人從一生下來，似乎就沒看過日出呢。」

「所以為了看日出，才花了十年的時間啊——哪像奇諾老是看到晴朗的太陽呢。」

「我們認為『理所當然』的事情，未必適用在別人身上喲，漢密斯。」

「奇諾，妳剛剛說了一個謊哦。」

「咦？哪裡？」

「妳說『等談過再說』那裡——其實妳並沒有打算拒絕，想接下這個工作對吧？因為妳想讓那三個人看到朝陽。」

# 後記
## —Preface—

各位讀者，讓你們久等了！我是作者時雨沢惠一，然後這本是睽違一年的奇諾新書！是第十四集哦！

抱持每年十月絕對要出書這種想法，今年也設法把奇諾的新書呈現給大家。因此感到安心而鬆口氣的我，在此寫了這篇「後記」。

按照慣例，內容完全不會提到本文，因此大可以安心先看沒關係。

那麼後記，要開始了哦！

今年是奇諾誕生的十週年。第一集是在二〇〇〇年的七月出版的。當然，那也是我人生出的第一本書（順便一提，若連同在「Media Works 文庫」出的書一起算，這是我第三十四本書呢）。

出道至今的十年──我覺得是非常棒的十年。

一直以來憧憬的作家生活，摻雜了比想像中還要辛苦的部分、正如自己想像那麼辛苦的部分，以及比想像中還要更快樂的部分。

當然截稿日也很傷腦筋。截稿前的一個月，我一刻都不得閒。要是沒趕上截稿日，來不及交稿的話，書就無法準時在發售日出書。

但是無論作業或畢業論文，就是有規定繳交的日子，大家才會努力完成。因此我認為截稿日是推動作家的原動力。要是編輯說「隨便什麼時候交稿都沒關係哦——」，鐵定沒有人會想工作的。所以截稿日萬歲！往後我也會繼續跟截稿日纏鬥下去的。

然後只要遵守截稿日，把自己的妄想寫成文章，就能夠靠此過活（＝就有錢賺）的作家這個職業，可是非常非常快樂呢。

經過種種歷練走過光輝十年的我，現在敢說的話就是，我會做到「未來的十年我也會努力，並且樂在其中」這件事。

當我在一九九九年寫投稿作品的時候，作夢都沒想到十一年後自己還持續寫作。之前我也寫過，剛開始是預定出兩集就結束喲！

接下來十年後的二〇二〇（現在覺得那是好酷的未來，若一旦做到，或許就會像現在這樣覺得很普通吧），自己到底會寫些什麼作品？做什麼呢？現在開始就已經好期待哦。

我會照顧自己的健康，努力讓自己的名字擺在各大書店的店頭。

然後是許多感謝與聯絡。

在此要謝謝寫信給我加油打氣的各位讀者。

當我看到你們親筆寫來的信，就會開始想像你們寫信的模樣而不禁感動起來。有時候……不，說「我是在上課中寫的」的還格外多呢……小心不要被老師抓到哦！

而小學生跟國中生的讀者——真的很謝謝你們花零用錢買《奇諾の旅》。

對了，在之前出的《學園奇諾》第四集的後記也有提到，我開始在玩推特了。

所謂的「推特」是類似只能寫短文的部落格。如果不登入也想看我的碎碎唸，只要上 http://twitter.com/sigsawa，及完整版 http://twilog.org/sigsawa 就可以看到。我所使用的ＩＤ是「sigsawa」。

我會發表每天發生的事情及感想、簡單的笑話、與作家跟業界伙伴之間的對話等等短文。

偶爾還會回答大家提問的問題。但因為不是一定會回答，若因為時間及內容上的不方便而無法回答，還請各位見諒。

不過大家對我發表內容的回應，我都會看的。若有什麼直接感想，我真的會很開心哦。往後還請大家多多指教呢。

最後，請讓我在此獻上符合後記的感謝詞。

插畫家黑星紅白老師，真的給你添了不少麻煩呢。每次看到你的插畫，都讓我興奮地「哇～」大叫。真的很慶幸能夠跟你一起工作。

還有編輯大大、ASCII MEDIA WORKS的各位，以及跟校閱、印刷、流通、販售等作業有關的各位，抱歉給你們添麻煩了，也謝謝你們的照顧。

就這樣，第十年的後記也要結束了。

果然還是正常的後記比較好呢！就算過了十年再重新看一遍，應該不會有「唔哇——！」或「唔——！」這些痛苦情況，真是既安全又安心呢。

那麼，我們在下一集的奇諾再見哦。

二〇一〇年　十月十日　時雨沢恵一

大家好，我是黑星☆紅白。
《奇諾の旅》終於邁入10週年！
我的插畫生涯也一樣，差不多是10週年！
想不到我跟奇諾一起攜手走了10年呢。
今天的我會有現在這些成就，
全都是拜《奇諾の旅》所賜。
能夠讓我像這樣自由發揮的作品，好像是少之又少呢。
我覺得我的插畫，「奇諾」這部作品佔了大部分。
反而讓我覺得自己是靠它栽培的呢。
往後我仍然會抱持感謝這場邂逅的心情，
把閱讀作品時所感受到的感動！還有愛！
充分灌注在我的插畫，把最好的插畫呈現給各位。
還請大家繼續支持指教。
KURO

國家圖書館出版品預行編目資料

奇諾の旅：the beautiful world / 時雨沢惠一作
；莊湘萍譯. -- 初版. -- 臺北市：臺灣國際角川,
2008.04-
冊；　公分. -- (Kadokawa fantastic novels)
譯自：キノの旅：the beautiful world
ISBN 978-986-174-642-5(第11冊：平裝). --
ISBN 978-986-237-258-6(第12冊：平裝). --
ISBN 978-986-237-579-2(第13冊：平裝). --
ISBN 978-986-287-116-4(第14冊：平裝)

861.57　　97004532

Kadokawa
Fantastic
Novels

# 奇諾の旅 XIV
## －the Beautiful World－

（原著名：キノの旅XIV－the Beautiful World－）


2011年7月2日　初版第1刷發行
2022年7月25日　初版第4刷發行

作者：時雨沢惠一
插畫：黑星紅白
日版設計：鎌部善彥
譯者：莊湘萍

發行人：岩崎剛人
總編輯：蔡佩芬
編輯：黎夢萍
美術設計：宋芳茹
印務：李明修（主任）、張加恩（主任）、張凱棋

發行所：台灣角川股份有限公司
地址：104台北市中山區松江路223號3樓
電話：（02）2515-3000
傳真：（02）2515-0033
網址：www.kadokawa.com.tw
劃撥帳戶：台灣角川股份有限公司
劃撥帳號：19487412
法律顧問：有澤法律事務所
製版：巨茂科技印刷有限公司
ISBN：978-986-287-116-4